なりきり訳 枕草子

清少納言 著
八條忠基 訳

淡交社

はじめに

「現在、世界中の誰も使っていない言葉を勉強して何の役に立つのですか?」と生徒にきかれたという高校の古文の先生。なるほど、古文の知識は英語のように即効的に役立つ実学ではないかもしれません。では、国文学者になるわけでもないほとんどの人は、何のために古文を勉強するのでしょう。それは古今東西の人間が、それぞれに喜怒哀楽を持ち、人を愛し、憎み、悩みながらも問題を克服して生きてきたという情念の歴史を学ぶことで、「現代を生きる意味と力」を得るためなのではないでしょうか。それが毎日を生きる指針にもなり、大局的な判断力、問題解決能力の育成に役立つと言えるでしょう。

古文の勉強が好きになるには、まず古文の世界を好きになることです。自分がその世界に生きているように感じることが何より大切なのです。この「なりきり訳」はそれを目指しました。

古文を読む方法としての正攻法は、文法の正しい理解です。しかし古文を書いたのは、他でもない私たちと同じ「人間」。古語の基本知識と当時の衣食住、暮らしを知った上で文章を見て「こういうことを言っているはずだ」と推測する方法もあるでしょう。文法読解力とともに生活読解力も不可欠なのです。そこで解説として、当時の衣食住や政治に関する豆知識も紹介しました。

当時、読者の共通認識であったこと、「当たり前」として省略されている部分の説明も本文に盛り込みましたので、訳文は原文のままではありません。また、あえてカタカナ語などの現代的な単語も使っています。それは清少納言が「古文」を書いたのではなく、その時代の「現代文」を書いていたからです。皆さまに自分のことのように感じていただくために現代の言葉を用いましたが、訳として大きく外してはいないと考えています。

平安のブログとも呼べる『枕草子』を読めば、清少納言が私たちと同じように、ちょっとしたことにイライラしたり、自然や生活の中に美を見いだして喜びを感じていたことに共感されるはず。また、千年前というはるか昔の日本に「女性はもっと表に出るべきよ！」と叫んだ女性がいたことを、私たちは知っておくべきだと思います。「本当に『枕草子』にこんなことが書いてあるの？」とお疑いのそこのアナタ！ ぜひ原文を読んでください。書いてあるのです！

今日という日は千年前からつながる今日。自分の気持ちを素直に表現し、ポジティブシンキングに生きた清少納言ワールドをお楽しみくださいませ。

もくじ

なりきり訳 枕草子

平安時代の暮らし解説

なりきり訳

枕草子

清少納言 著

八條忠基 訳

＊本書は『枕草子』の写本のうち
宮内庁書陵部所蔵「三巻本」を底本とし、
著者独自の解釈で現代語訳したものです。
本文中の（　）内は、原文にはない
清少納言の心の叫びです。

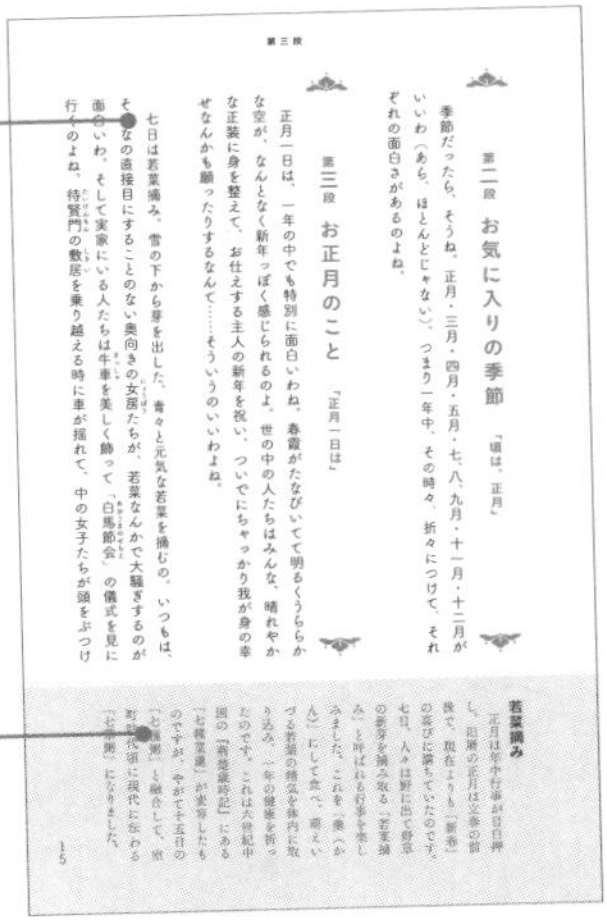

第三段

第二段　お気に入りの季節　「頃は、正月」

季節だったら、そうね。正月・三月・四月・五月・七、八、九月・十一月・十二月がいいわ（あら、ほとんどじゃない）。つまり一年中、その時々、折々につけて、それぞれの面白さがあるのよね。

第三段　お正月のこと　「正月一日は」

正月一日は、一年の中でも特別に面白いわね。春霞がたなびいてて明るくうららかな空が、なんとなく新年っぽく感じられるのよ。世の中の人たちはみんな、晴れやかな正装に身を整えて、お仕えする主人の新年を祝い、ついでにちゃっかり我が身の幸せなんかも願ったりするなんて……そういうのいいわよね。

七日は若菜摘み。雪の下から芽を出した、青々と元気な若菜を摘むの。いつもは、そんなの直接目にすることのない奥向きの女房《にょうぼう》たちが、若菜なんかで大騒ぎするのが面白いわ。そして実家にいる人たちは牛車《ぎっしゃ》を美しく飾って「白馬節会《あおうまのせちえ》」の儀式を見に行くのよね。待賢門《たいけんもん》の敷居《しきい》を乗り越える時に車が揺れて、中の女子たちが頭をぶつけ

若菜摘み

正月は年中行事が目白押し。旧暦の正月は立春の前後で、現在よりも「新春」の喜びに満ちていたのです。七日、人々は野に出て野草の新芽を摘み取る「若菜摘み」と呼ばれる行事を楽しみました。これを「羹（かん）」にして食べ、萌えいづる若菜の精気を体内に取り込み、一年の健康を祈ったのです。これは六世紀中国の『荊楚歳時記』にある「七種菜羹」が変容したものですが、やがて十五日の「七種粥」と融合して、室町時代頃に現代に伝わる「七草粥」になりました。

15

第一段　春っていえば……　「春は、曙」

春っていったら、明け方ね。夜明け、山ぎわから空がやっと明るくなってきて、紫色っぽい雲が細くたなびいてる時なんかもう、ホント素晴らしい瞬間よ。

夏だったら夜でしょう。月の出てる時はもちろん、暗闇に蛍が一つ二つ、かすかに光って飛びかう様子なんて、実にいいもの。雨だって風情があるわね。

秋は夕暮れね。真っ赤な夕陽が山の黒い稜線《りょうせん》に映えて、ねぐらに帰るカラスが三つ四つ二つ三つ、と飛んでいく侘《わび》しさったらないわ。ましてや遙か空の彼方を雁《かり》が並んで飛んでくのが小さく見える光景なんて、もう最高！　日が暮れた後の、風の音や虫の声を聞く面白さは言うまでもないわよね。

冬なら早朝よ。雪が降ったらもちろんだけど、白く霜が降りた景色が見えるっていうのも趣《おもむき》深いわ。そうでなくたって、すごく寒いから急いで火をおこして、炭を持ち運んだりするのも、いかにも冬の朝らしくっていいじゃない？　でも昼になって気温が上がって、火鉢の炭が白い灰になっちゃうと、もうつまらないのよね。

四季の風情

四季の風情それぞれをもっとも深く味わえる時間はいつ？　今よりも入ってくる情報量が少なかった平安時代、その分、自然を観察する時間は長く、感度も高かったことでしょう。四季の移ろいを味わう濃度もより密だったことでしょう。その折々の植物の色彩を生活に写し活かす「重ねの色目」が考案されたのも、この時代のことです。そして華やかなものだけではなく、何気ないものの「をかし」さにも目を向けた、清少納言の感性の確かさを感じさせてくれますね。

第二段　お気に入りの季節　「頃は、正月」

季節だったら、そうね。正月・三月・四月・五月・七、八、九月・十一月・十二月がいいわ（あら、ほとんどじゃない）。つまり一年中、その時々、折々につけて、それぞれの面白さがあるのよね。

第三段　お正月のこと　「正月一日は」

正月一日は、一年の中でも特別に面白いわね。春霞がたなびいてて明るくうららかな空が、なんとなく新年っぽく感じられるのよ。世の中の人たちはみんな、晴れやかな正装に身を整えて、お仕えする主人の新年を祝い、ついでにちゃっかり我が身の幸せなんかも願ったりするなんて……そういうのいいわよね。

七日は若菜摘み。雪の下から芽を出した、青々と元気な若菜を摘むの。いつもは、そんなの直接目にすることのない奥向きの女房《にょうぼう》たちが、若菜なんかで大騒ぎするのが面白いわ。そして実家にいる人たちは牛車《ぎっしゃ》を美しく飾って「白馬節会《あおうまのせちえ》」の儀式を見に行くのよね。待賢門《たいけんもん》の敷居《しきい》を乗り越える時に車が揺れて、中の女子たちが頭をぶつけ

若菜摘み

正月は年中行事が目白押し。旧暦の正月は立春の前後で、現在よりも「新春」の喜びに満ちていたのです。七日、人々は野に出て野草の新芽を摘み取る「若菜摘み」と呼ばれる行事を楽しみました。これを「羹（かん）」にして食べ、萌えいづる若葉の精気を体内に取り込み、一年の健康を祈ったのです。これは六世紀中国の『荊楚歳時記』にある「七種菜羹」が変容したものですが、やがて十五日の「七種粥」と融合して、室町時代頃に現代に伝わる「七草粥」になりました。

あって櫛《くし》を落として、思わず踏んづけて折っちゃってキャーキャー笑い合うのも、まぁ新春の風物詩のひとつ、と言えるかしらね。

左衛門府《さえもんふ》の詰め所のあたり。たくさんの殿上人《てんじょうびと》たちが舎人《とねり》（下級役人）から弓を借りて、それで馬を驚かして喜んでる様子を、ちょっと覗き見。そしたら窓の御簾《みす》越しに、宮中の雑事をする主殿司《とのもづかさ》の官人や女官たちが、盛んに行ったり来たりするのが見えて、これまた面白い眺めなのよ。

宮中を、まるで当たり前のような顔して普通に行き交ってる姿を見ると、この人たちは一体どんな素晴らしい人たちなのかと、事情を知らない人には思われたりもするわ。……でもね。実際は、今見えてるあたりは、宮中とはいってもごくごく狭い範囲なのよね～。近づいてよく見れば、「白馬節会」の儀式で馬を引く係の舎人の顔は、あらあら化粧がはげちゃって……そうね、ちょうど雪が消え残って、黒い土が見えている感じ？ っていうかなり見苦しい有様なのよね。でもそんな姿も、馬がヒヒーンと前足を高く上げて騒ぐ恐ろしさのあまり、思わず顔を引っ込めちゃうと、もうよく見られなくなっちゃうわ。

八日は、女官たちに「従四位下《じゅしいげ》」とかの位階《いかい》が授けられる「女叙位《にょじょい》」。女子皇族の

白馬節会（あおうまのせちえ）

中国の五行思想では春の色は青。新春に青いものを見ると縁起が良いとされていました。正月七日、天皇が紫宸殿で「青馬」を見て節会（宴会）を開催するのも、それが目的です。十世紀初頭頃から読みを「あおうま」にしたまま、漢字を「白馬」とし、実際に白い馬を用いるようになりました。なぜ白馬かは諸説あり、日本では白を神聖とする考え方があったためとか、日本では「あお」と表現されたグレーの葦毛馬が加齢により白馬化したから、などとも考えられています。

「女王《じょおう》」が、帝から臨時ボーナスの「禄《ろく》」を頂戴する喜びの日。儀式が終わって、関係者の皆さまに御礼参りに行く人たちの乗る牛車の音が、いつにも増して嬉しそうに響き渡っているの。

正月十五日は望粥《もちがゆ》の節供《せっく》の後、局《つぼね》さまや女房たちが、お粥に使った「粥杖《かゆづえ》」っていう棒を身体の後ろに隠し持って、隙あらば尻を打とうと狙ってるのよ。みんな「打たれてたまるものですか」って用心して、ずっと自分の背後を警戒してる様子が、すっごく面白いのよね。……でね、ちょっとした油断を突いて「隙あり！」って、うまく打ち当てた時の痛快さったらないわ。打った方は大笑いで得意がる。打たれた方は悔しがる。まぁそうよね。

姫君のもとに新しく通ってきた婿君《むこぎみ》が参内《さんだい》するっていうので、「うまくやるわ」って自信満々のお局さまたちは、手ぐすね引いて待ち受けてるの。物陰から覗いて準備万端、ぬかりなく待機。近くにいる人たちが「あなたも好きね」って笑うのを、「うるさいわね！」と手で制してる。

何も気付いていない姫君は、おっとりと座っていらっしゃる。そのタイミングを見逃さず、「そこのものをお取りいたしましょう」なんて声をかけるやいなや走り寄って、

小豆粥

「望」は「十五日」を意味します。「望月」の「望」です。この日、天皇は「七種粥」と呼ばれる、米・粟（あわ）・黍（きび）・稗（ひえ）・みの・胡麻・小豆の七種で作られた「七種粥」を食べ、健康を祈りました。臣下は簡略版の米と小豆だけの粥で、紀貫之の『土佐日記』にも、旅の途中なので「十五日、今日は小豆粥を煮ないのが残念」とあります。それほど正月十五日の小豆粥が一般的になっていたのでしょう。この風習は、現代にも「小豆粥」として受け継がれています。

杖で姫君のお尻を打って逃げるの。女子一同、どっと笑って大盛り上がりよ。そこに来合わせた婿君は、そんな光景を目にしても悪い気はしてない様子で楽しそうに笑ってる。打たれた当の姫君も驚いたり騒いだりしないで、少し顔を赤らめただけで座ってる様子が、いかにも上品で素晴らしいのよね。

女子同士で打ち合うだけではないの。時には男を打つことだってあるわ。でも、こんな罪もないお遊びだっていうのに、真面目に受け取って泣いたり怒ったり、打った人を恨んで呪ったりする人もいるんだけど、これってお笑いぐさよね。日頃は行儀作法がうるさい宮中あたりだって、今日一日は無礼講《ぶれいこう》なんだもの。

地方官任官の人事異動「除目《じもく》」の頃の宮中あたりも、またすっごく面白いのよ。寒い中、雪が降って氷が厚く張ってても、自己推薦書を手にした人たちが、あっちこっちの有力者にお願いして回る。まだ歳も若くて元気のいい四位や五位の人は、見るからに自信あり気だけど、歳とって白髪混じりのオジサンが、コネを求めて女房の部屋にやってきては、長々と自分をアピールしまくり、売り込む姿ったらないわ。若い女子たちは、そのオジサンの口まねをして笑うけど、ご当人にとっては、それどころじゃないって話よね。「どうぞ帝によろしく申し上げてくださいませ。中宮さまにもどう

申文（もうしぶみ）

『枕草子』に何度も登場する「除目」は人事異動です。正月は地方国司の任命「県召（あがためし）除目」が行われ、中流貴族にとっては生活の安定もかかった重大関心事でした。当時は、なぜその役職に就きたいのかを記した「申文」、正式には「款状（かじょう）」と呼ばれる自己推薦書の良し悪しが大きな判断基準になっていました。しかし有力者のコネが重要な要素になっていたのも事実で、そのため希望者はツテを頼っての就職活動に勤しみ、後宮の女性たちにも頭を下げて回ったのです。

ぞよろしく、お願い申し上げまする〜」って必死に頼み込んで、うまく任官できればいいけど、残念な結果になったりすると、他人事ながらなんとも哀れなものだわ。

第五段　賀茂の祭り

「四月、祭の頃いとをかし」

四月、賀茂《かも》の祭りの頃はすっごくいい季節よね。公卿《くぎょう》や殿上人の着る「袍《うえのきぬ》」は、位階に応じていろいろと濃い薄いがあるけど、一日《ついたち》の衣更《ころもが》えの日だけは、袍の下に着る「下襲《したがさね》」や「単《ひとえ》」が、全員白一色になるの。涼しげでいいわ。

木々の葉がまだそんなに繁ってなくて、若々しく青みがかった風情。霞も霧もない初夏の澄み渡った空の気配。なんとなく心が満たされる思いにかられる。薄曇りの夕暮れや夜にかけてしのび鳴くホトトギス。「そら耳？」って思うほど遠くかすかな鳴き声を聞きつけた時なんか、もうしみじみとしちゃって、ほかに言いようのない気持ちになるものよ。

祭りの日が近くなると、青朽葉色や二藍《ふたあい》色の反物《たんもの》を束ねて、ほんの形ばかり紙で包んだのを持ったお使いが、忙しそうに行き交う。はいてる袴の末濃《すそご》や村濃《むらご》のグラデー

二藍（ふたあい）

賀茂祭のシンボルカラーが青朽葉色（くすんだ青緑色）と二藍。二藍は「中国の藍」を意味する「くれない（紅）」と、ブルーの「あい（藍）」を重ねて染めた色です。二つの藍の掛け合わせなので「二藍」と呼ばれました。貴重な紫草を使わずに紫色が作れるために平安時代に多用され、夏直衣の色は二藍と決められていました。二種の藍の掛け合わせ具合で色味が変わり、若い人ほど紅を強くして赤紫に、歳を取るほど藍を強くして青紫にすることが当時のルールでした。

ションが、いつもより素敵に見えるのよね。

祭りの行列に参加する少女たちは、髪だけはきれいに洗って整えてもらったけど、着物はまだ粗末な普段着のまんまの姿。下駄《げた》や靴の「鼻緒をすげ替えて！　裏を貼り直して！」って大騒ぎ。「お祭り、早く来ないかなぁ」ってワクワクしながら、行列の真似して練り歩いている姿、すっごく可愛いわ。

日頃はわんぱくで暴れ回ってる子が、祭りの装束を着た途端に「定者《じょうじゃ》」とかいう偉いお坊さんみたいに、おごそかにしずしずと練り歩く。その子の親や親戚姉妹たちは、それぞれの身分に応じた精一杯のオシャレをして、その子たちに付き添ってゆくけれど、子どもが威張って大人たちを率いてゆくのが、面白いのよね。

帝の秘書官・蔵人《くろうど》になりたいと思ってるのに、なかなかなれない人が、お祭りの日限定で蔵人と同じ「青色の袍」を着られるのは、本当に嬉しいことでしょうよ。そのまま脱がさないでおいてやりたいって思うわ。でも、青色といったって、蔵人みたいな綾織物《あやおりもの》じゃないのが、ちょっと残念なんだけどね……。

蔵人の青色

帝の近くでさまざまなお世話をする秘書官「六位蔵人」は清少納言の羨望の対象で、『枕草子』に何度も登場します。六位の袍の色はこの時代はダークブルーと思われますが、蔵人だけはウグイス色のような「青色の袍」を着ることが許されました。天皇が軽い儀式で着用する青色御袍のお古を頂戴して着たのです。しかも文様を織りだした「綾織」は本来、五位以上だけのものですから、六位の身分としては破格の待遇と言えます。清少納言が羨むのも納得できますね。

第七段 僧侶って大変よね

「思はむ子を法師に」

愛する我が子を僧侶にするって、なんとも心苦しいことよね。だって、本来は大変有り難いことなのに、世間の人たちはお坊さんを木っ端か何かのように扱ってるじゃない。本当に気の毒だわ。食べ物も精進《しょうじん》料理の不味そうなのばかりでしょう？ 寝る時までどうのこうのあるとか。若い男子なら、あれこれ迷いもあるでしょうに。それなのに、女のいるところを、さも汚らわしいような顔して見なきゃならない。ちょっとチラ見しただけでも、すぐに悪く言われちゃう。

修験者《しゅげんじゃ》ともなれば、もっと厳しく大変そうね。金峯山《きんぷせん》や熊野の山奥を足跡を残さない山がないくらいに踏み歩き、恐ろしい目にもあっての辛い修行生活。そしてだんだん効験《こうけん》が現れて世の評判になって、あっちこっちからお呼びがかかるようになる。でも偉くなったらなったで、今度は堅苦しい生活よ。ホント、やってらんないわよね。重病人の加持祈祷《かじきとう》の場面でもそう。物《もの》の怪《け》退散に成功して、疲れてちょっとウトウトしただけで、「眠ってばかりいて！」って責め立てられるのよ。ご当人としては、たまったものじゃないでしょうに。

……でもね。そういう厳しさも、今は昔のこと。今のお坊さんや修験者たちは、結

修験者

平安時代の病気治療では、各種の祈祷者が活躍しました。ここでの「修験者」（原文では「験者」）は、いわゆる「山伏（やまぶし）」のようなものです。飛鳥時代の役小角（えんのおづぬ）が創始したとされる「修験道」の行者で、古神道と密教を混交させた呪法をもって、病気平癒などを祈りました。基本は山岳信仰。奈良県吉野の金峯山や、和歌山県の熊野三山などの深山幽谷で厳しい修行を経て体得された「験力（げんりき）」は、平安時代には大いに頼りとされましたが、清少納言にかかると形無しです。

構お気楽にやっているらしいわよ。

第二四段 女の生き方 「生ひ先なく、まめやかに」

将来の計画もなくて、ただもうダンナに頼りっきり、自分の周囲だけのささやかな幸せを夢見ているような人生はズバリ、つまんないわよ。ちゃんとした家庭の娘だったら、結婚前にOLやらせて社会勉強させて、世の中を見る目を養わせたいものね。少しの期間でも、典侍《ないしのすけ》なんかの宮仕えをさせたほうがいいと思わない？

働いてる子はチャラチャラしてて良くない、な〜んて言う男がいるけど、そんなヤツ、憎たらしいだけ。もちろん、そういう面もなくはないわよ。宮仕えしてれば、畏《おそ》れ多くも帝をはじめ、公卿・殿上人、四位・五位の人たちは言うまでもなく、その他、宮中の多くの男たちと顔を合わせない人はない。同僚の女房の従者、その自宅から来るお使い、下級女官やトイレ係の下女たちなんかと顔を合わせるのだって、いちいち気にしてなんかいられない。男なら女ほどじゃないのかもしれないけど、宮仕えしている以上は、多かれ少なかれそういうことはあるでしょうに。

清少納言のキャリア

千年前の世界で、これほどまでに女性の社会進出を訴えた文章はそうそうないでしょう。清少納言は高名な歌人であった清原元輔の娘で、一条天皇の中宮・定子の侍女「女房」として宮中に仕えました。その利発さが知られていたゆえのスカウトであったようです。宮中生活には明るく華やかな印象を持ったようで、女性が生き生きと働ける場はここにあると感じたのでしょう。しかも正式な国家公務員である女官になるべきだと、清少納言は何度も熱く語っています。

宮仕え女子と結婚して、「奥方さま」という座に大切に据《す》え置こうとした時、他人から「宮仕え経験のある女子はチャラいよ」と思われるのもちょっとな……って考えるのも一理あるかもしれないけど、ものは考えようよ。その奥方さまが宮中で「典侍《ないしのすけ》」にでもなって、ときどき参内して賀茂祭の勅使《ちょくし》も果たすキャリアウーマン……なんていうのも、夫として誇らしいんじゃないかなぁ。

あ、もちろん、それほどの女性が家に籠《こ》もって専業主婦として家庭をしっかり守ってるっていうのも、それはそれで立派なことよ。ええ、それはもう。

でもねぇ……。中級貴族の地方国司《こくし》が、自分の娘を新嘗会《しんじょうえ》の「五節《ごせち》の舞姫」に送り出す機会があった時、妻に宮仕え経験があれば「田舎者でとんちんかんな質問をする」なんてことがなくなるでしょ。カッコイイと思うんだけどな〜。

第二五段　がっかり、残念なもの

「すさまじきもの」

がっかり残念なものといえば……。

昼にほえる番犬。春になって役に立たない鮎漁の網代《あじろ》。三、四月、すっかり季節はずれになった紅梅の衣類なんかかしらね。牛に死なれた牛飼、赤ちゃんが亡くなって

方違え

どこかに出かける時、行き先の方角が不吉とされた場合は、直行せずに方向を変えた場所を経由して行きました。これが「方違え」で、その場合は迎えた家が訪問者を歓待することが当然とされたようです。とくに節分の夜は魔物が街をさまようとして、これを避けるための方違えが一種のイベントとして都の各所で盛大に行われました。そうした時にごちそうしてくれないというのは、訪問者を落胆させたのでしょう。二五段では、もてなしが悪いと清少納言が怒っています。

しまった産ぶ屋。火をおこさない時の火鉢、なんていうのもそう。学者の家系の家に、学問で身を立てられない女の子ばっかり立て続けに生まれること。方違《かたたが》えに行ったのに、なんのおもてなしもしてくれない家（笑）。特に節分の夜とか期待しちゃうのに、何もごちそうしてくれないなんて、興ざめもいいとこよね〜。

遠くの田舎から手紙だけ来て、お土産がないというパターンにもガッカリ。逆に田舎の人に言わせれば、都からの便りについても同じかもしれないけど、華やかな都会からの手紙は、内容が面白かったり興味深いニュースが入ってたりするから、手紙だけでもそうはガッカリしないはずよ。

人のもとに、特別にきれいに書いた手紙を送ったのに、なかなか返事が来ない。「もう来てもよさそうなのに。どうしてこんなに遅いの……？」なんて思ってたところ、戻されてきた我が手紙。立て文・結び文どちらにしても、すっごく汚く扱われて、結び目に引いた墨も消されて、「留守でした」とか「物忌《ものいみ》で受け取ってくれません」とか言って突き返されてきた時。ガッカリの極みね。

絶対に来てくれるって信じて迎えにやった牛車を待っていると、戻ってきた音がする。「さぁおいでになった」とみんなで出てみると、牛車はそのまま車庫に入っちゃっ

手紙
（立て文と結び文）

当時の主な通信手段は「消息」と呼ばれる手紙で、家来を使者として相手に届けさせました。届けると先方からチップをもらえることが多かったので、家来は喜んで使者を勤めたのです。「立て文」は正式な書状で、手紙を何重にも紙でくるんで折り曲げ、折った部分をこよりで結ぶというもの。「結び文」は簡略版で、手紙を紙でくるんで巻きたたみ、上下をねじって結びました。結び目に墨で線を引き、封印とします。恋文のようなものは、普通は結び文形式です。

て、車の轅《ながえ》をゴトンと落とすのよ。「何？　どうしたの？」って聞くと、「今日は他のところへおいでになるとかで、こちらにはいらっしゃいません」とつれない返事をして、牛だけ車庫の外に連れ出して行く後ろ姿。ガッカリ。家中が期待して迎えた婿君が、通って来なくなるのもすごく残念なこと。婿君が、身分が高くて宮仕えしてる新しい女のところに通ってるのを知って、これはとても敵《かな》う相手じゃないって思うのも悲しいことよね。

赤ん坊の乳母《めのと》が「ちょっと出てきます」とだけ言って外出した後、赤ん坊が寂しがるのをなだめすかして、乳母に「早く帰ってきて」って使いを出しても、「今夜は行けません」って返事をよこすなんて、残念どころか怒り心頭よ。ましてや、恋する女を待ちわびる男の心境は、いかばかりのものでしょう。来てくれるはずの人を待っているところに、遠慮がちに門を叩く音がするのを聞けば、胸が高鳴るっていうもの。召使いを迎えに行かせると、これがアナタ、まったくお呼びでない、つまらない客が名を名乗って来たりするなんて、心の底からガッカリ。その心境、言わなくてもわかるでしょ。

物の怪を調伏すると言った修験者が、何やら大変な得意顔して、独鈷《とっこ》とか数珠《じゅず》なん

乳母

当時の貴族社会では産んだ母親が授乳するのではなく、適当な乳母を選んで乳をやることが当然に行われていました。身分的な意味もありますが、乳の出のよい女性に授乳させることが、結果として子どもの健康につながったのでしょう。赤ちゃんにとっては乳母の不在は命にかかわる一大事でしたから、「今夜は行けません」などと簡単に言われては、落胆どころではなかったはず。清少納言が怒り心頭、原文で「いと憎くわりなし」というのも当然のことです。

かを「よりまし」に持たせて、蝉みたいな声をワンワン出してお経を読んだりしているのに、まったくもって悪霊退散の気配がない。「護法童子《ごほうどうじ》」がよりましに憑《つ》いた気配もないので、集まって一緒に祈っている男女たちが「なんだか怪しいぞ」って思っているうちに、二時間以上もお経を読み続けて疲れ果てた修験者。「護法童子、こりゃぁ憑かないな。さぁ立て」って、よりましから数珠を取り返す。「ダメだこりゃ。全然効果がない」なんて言って、額にかかった髪をはね上げて、大きなあくびをして柱に寄りかかったまま寝入っちゃう。これ残念というかなんというか……。

眠くて眠くてたまらない時、どうでもいいような人が揺り起こして、無理に話しかけてくるのも「なんだかなぁ」って思うわよね。

人事発令で、なんの官職にも就けなかった人の家も侘びしいわよねぇ。うちのご主人、今年は必ず国司になれるだろうって期待して、以前その家に仕えていて、今は田舎に散り散りになっている者たちが集まって来る。出入りする牛車もひっきりなし。家の主人が任官祈願に神社仏閣に詣《もう》でるって言えば、我も我もとお供についてって、物は食べるわ酒は飲むわの大騒ぎ。結果発表を待って夜を明かすものの、明け方になってもなんの知らせの気配もない。「これはどうしたことか」と聞き耳を立てれば、

護法童子

病気なのでしょうか、またまた修験者を呼んでの加持祈祷です。今回、修験者が呼び出したのに現れてくれない「護法童子」というのは、仏法に帰依（きえ）して仏をまもる鬼神のこと。陰陽師の「式神」のようなもので、修験者が手足のように使役するとされました。子どものように描かれるため「童子」と呼ばれますが、仏画では顔の赤い鬼の形相で描かれることが多く、その鬼パワーによる悪霊退散の効験を祈ったのです。果たして、どういう現象を「童子顕現」としたのでしょうか。

人事発令式を終えた公卿たちが、先払いを立てて帰って行くじゃないの。宵《よい》のうちから情報収集に送り出した召使いが、寒さに震えながら憂鬱《ゆううつ》な顔してとぼとぼ帰って来る姿を見れば、とても声をかけられない。結果は聞くまでもないでしょ。外から来た人から、

「ご主人さまは何におなりでしょうか」

って尋ねられると、

「『前』何々の守《かみ》ですよ」

と必ず前職で答えるしかない。本気で期待していた人たちは、どんなにか嘆いていることでしょう。

朝になるまでに、それまで大勢いた人たちが、一人消え、二人去り。……でも、古くから仕えている者はそう簡単に出て行くこともできず、

「ええっと、来年、国司交代のある国は……」

って指折り数えながら、いらいらと歩き回っている様子は、なんともガッカリ感満点。

上手く詠《よ》めたわと思う歌を送ったのに、返事がない。ガッカリ。ラブレターなら、すぐに返歌がなくてもまぁしょうがないけど、それだって季節に合わせた話題を贈ったのに、なんの返事も帰ってこないと相手の評価、爆下がりよね。

前司・権官・員外

なんの役職にも就けなかった人が「『前』何々の守」（原文「「なにの前司」」）とごまかす場面。ただし現在も「前何々知事」という肩書きが通用するように、「前司」も一定の重みを持った表現でした。また正式な役職ではない肩書きとして、「権大納言」など、役職定員がオーバーした場合に任命される「権官」があります。「員外」はさらに立場が悪く名称のみで、菅原道真が太宰府に左遷された時に任じられたのが「太宰員外帥」。官舎もなく給料も出なかったといわれます。

今をときめく多忙な人のもとに、時代に置き去りにされた昔の友人が、ヒマに飽かせて退屈しのぎにつまらない歌を詠んで贈ってくるのも、残念！　って感じ。

晴れのよそ行きに使おうと思ってる扇に素敵な絵を描いてもらおうと、絵の道に心得のある人のところに送ったのに、その日になっていざ戻ってきたら思いもよらない絵だった、っていうのもガッカリね。

出産祝いや旅行のお餞別《せんべつ》なんかを持ってくるお使いに、心付けを渡さないっていうのもガッカリ。毎年恒例の縁起物、薬玉《くすだま》や卯槌《うづち》なんかを届けに来るだけの者にだって、ちょっとした心付けは必ず渡したほうがいいわね。思いがけずもらえると、有り難みも増そうってものよ。ましてや、このお使いをすれば必ず心付けが出るものとワクワクしながら行ったのに、何も出ないとなると、そのガッカリさは相当でしょうよ。

婿をとって四、五年にもなるのに、まだ子どもが生まれないのは大変残念ね。でもすっかり成人した子どもがたくさんいて、孫がハイハイしてそうな年齢の両親たちが、昼間からセックスしてる、なんてどう思う？　そばにいる子どもたちの気持ちはどうなんだろう。なんか親とは頼れない気持ちになっちゃうんじゃない？　その後二人で

薬玉（くすだま）

毎年恒例の縁起物に「薬玉」が挙げられています。五月五日の端午の節供に飾るもので、一種の魔除け。九月九日の重陽の節供に「茱萸嚢（ぐみぶくろ）」とかけ替え、一年中どちらかが飾られていました。

どちらも香りの強いものですから、ルームフレグランスとしての効果も狙ったものだったのでしょうか。薬玉には長寿を祈る意味の「長命縷（ちょうめいる）」と呼ばれる、長い五色の糸を垂れ下げることが重要とされました。

これは古代中国から伝わった風習でしたが、三九

シャワーを浴びてるなんて、見てて腹が立ってくる光景なんじゃないかしら。

十二月の大晦日《おおみそか》に一日中降る雨。まるで、「長期間、毎日続けた精進を最後の一日に怠る」みたいなガッカリさ。

第二八段 憎たらしいもの 「にくきもの」

急用がある時に来て長話をする客。どうでもいい人だったら「また後で」ってあっさり追い返せるけど、気を使う相手だとそうもいかないので、内心「チェッ」と思っちゃう。

硯《すずり》の中に髪の毛が入ったまま気がつかないで、擦ってしまうのもイヤなものよね。そうそう、墨の中に石が入ってて、擦るとキシキシ音を立てるのもイヤ。

急病人が出て、加持祈祷の修験者を呼びにやったのに、いつものところにいなくてあっちこっち尋ね歩く。まだかまだかと長い間待ってるとようやくやってきたので、やれ助けの神と喜んで祈祷させると、その修験者、「最近、物の怪退治に忙しくて困

段では「薬玉は重陽までかけたままにするが、みんなが糸を引きちぎって物を結ぶのに使ってしまうので、すぐになくなる」と、面白い話を伝えています。

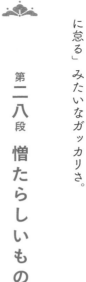

る」とか言って、眠そうな声になる（そっちは日常業務でも、こっちは滅多《めった》にない一大事なのよ）。まったく不愉快な話だわ。

大したこともないくせに、ガハハと笑いながら得意になってしゃべりまくるヤツ。火鉢や囲炉裏に手をかざして裏や表とひっくり返しながら、手の皺を伸ばしたりしてあぶっている人。若い人はそうでもないけど、厚かましい年寄りになると、両足で火鉢を挟んでしゃべりながら火鉢をあっちこっち動かすんだから、気分悪いったらない。そういうヤカラは、他人の家に行っても、自分が座る場所を扇でバタバタ煽ってチリを払い、座り方も定まらないで、狩衣《かりぎぬ》の前の垂れを腹の下に巻き込んだりするのよね。こんなの、言っても仕方ない下々の者たちだけかと思ったら、「式部《しきぶ》の大夫《だいぶ》」なんていう結構なご身分の知識人も、そういうことをするから呆れるわ。

それからそうね。酒を飲んでわめきちらして口のまわりをいじくったり、ヒゲのあるヤツはそれを撫でながら人に酒をすすめる光景も、見ていて実に気分悪いもの。「ほれ、もっと飲まんかい」というように、身体を震わせ頭を振り振り口をへの字にして、童謡の「こう殿に参りて〜♪」みたいなポーズをする。身分が高い人のそんな振る舞いを見た時は、マジで心の底から落胆したわ。

式部大夫

行動に品がないオジサンを清少納言がバッサリやっています。その中の「式部大夫」というのは、式部省の三等官「丞」（六位相当）で、五位に叙せられた者のこと。五位になると「大夫」と呼ばれたのです。

式部省は現在の文部科学省と人事院を併せたような役所で、文官人事を扱い、人を教育する立場。トップは親王（式部卿宮）という重要官庁で、官僚には学者が多く任じられました。そういう役所の管理職なのにお行儀が悪いのを清少納言が嫌ったわけです。

人のことを羨んでばっかりで、いつも自分の不幸自慢。他人の噂話が好きで、ささいなことでも「なになに??」って聞きたがり、言わないと恨んだりそしったり。それから、ほんの少し聞きかじったことを「それ最初から知ってた」なんて自慢気に他人に話す人、ホント不愉快。

話を聞こうと耳を澄ませている時に泣く赤ん坊もねぇ……。カラスが集まってガーガー鳴き叫んでいるのもイヤなものよね。

そっと忍んで来る人を見つけて吠える犬。知られるとヤバイ場所に隠した人が、寝込んで大きなイビキをかきはじめたり……。それから、忍んで来るっていうのに目立つ長烏帽子《えぼし》なんかかぶって来ちゃって、人目についてはマズイとさすがに気がついて、急いで入ろうとして烏帽子が物に当たってガサガサと音を立てたり……何やってんのよ、もうっ。

伊予簾《いよす》なんかがかけてあるのを持ち上げて、サラサラと音を立てられるのも、すっごく困る。正規の帽額《もこう》の御簾はさらにしっかり作られてるから、持ち上げた御簾の下

伊予簾（いよす）

サラサラと音を立てる伊予簾。名称の通り伊予国（愛媛県）名産の篠竹で編んだ室内用の簾です。『源氏物語』（浮舟）でも「伊予簾はさらさらと鳴るもつまし」とありますから、当時の伊予簾はサラサラという軽い音で知られたのでしょう。

通常の御簾が割った竹ひごで編まれるのに対して、伊予簾はスダレヨシと呼ばれる細い篠を白く晒して編んだもの。葭簀（よしず）のように中空のまま使ったようですので、なるほどそれならば軽くサラサラと音も出たことでしょう。

端の部分、「木端《こは》」を下に置く時の音も大きいのよ。それもそっと上げて入って来てくれれば、そうは音も立たないのに……。ドアを乱暴に開け閉めしてギーッって鳴らされるのも困る。少し持ち上げ気味にすれば鳴らないのに！　悪い開け方をするから障子なんかもガタガタと音を立てて、バレちゃうんだから……。

眠たいと思って横になったのに、蚊が哀れっぽい音で、プ〜〜ンと顔のまわりに飛び回ってくる。小さいくせにいっぱしの羽音で、イヤらしいったらない。そうそう、音といえば、ギーギーうるさい音を立てる牛車に乗っている人って耳が聞こえない人なのかしらね。借りて乗った車がギーギーいうと、貸してくれた車の持ち主まで憎ったらしく思えるものなのよね。

人が話をしているのに、割り込んで自分一人得意になって、先回りしてしゃべくりまくるヤツ。子どもだろうと年寄りだろうと、出しゃばりは全員不愉快ね。ちょっと遊びに来た子どもを可愛いがって、何か面白そうなものなんかをやったら、それが癖になっていつも入りびたって、家の中の道具を勝手にいじり回して散らかす。まぁ腹が立つことこの上なし！

牛車のメンテナンス

牛車の車軸には油を差して回転をスムーズにしました。車輪は乾燥すると割れてしまうこともあるため、使わない車輪は外して川に浸け、乾燥を防ぎました。この「車輪に流水」の光景は涼しげで風情あるものと解されたようで、そのデザインは国宝『片輪車蒔絵螺鈿手箱』などに見られます。

家にても職場にいても、会いたくないヤツが来るっていうから寝たふりしてるのに、うちの侍女が起こしに来て、お寝坊さんは困るって顔で揺さぶり起こされるのも腹が立つわね。新参者が古参を差しおいて、さも物知りのような顔をして、「教えてあげますわ」なんて、上から目線であれこれ指図などするなんて、言語道断よ。

自分の彼氏が、元カノのことを話し出して誉めたりするのは、たとえそれが過去のことであったとしても、やっぱり不愉快!! ましてや、現在進行形の二股相手の女ででもあってごらんなさい。その腹立ち具合は推して知るべしよ。……でもね、そうじゃないこともあるのよね～（ま、恋の道はいろいろなのよね、はい）。

クシャミして「くそはめ」って呪文を言う人、あれもどうかな。そもそも、その家の主人でもない人間が、遠慮会釈もなく大きな音を立ててクシャミをする行為そのものが、不愉快なのよ。蚤《のみ》も腹立つ～。着物の下で跳ね上がって、布地がピョコンと持ち上がるみたい、ああイヤ。大勢の犬が、声を揃えてウオォォォ～ンと遠吠えをするのは、何か不気味で禍々《まがまが》しくて、イヤなものね。……あ、そうだ、最後に。戸を開けて出ていって、ちゃんと閉めないヤツ。最低だわ。

平安時代の鳥飼育

二九段（34ページ）では、ドキドキわくわく（原文「心ときめく」）するものに「雀の子飼い」が挙げられています。これは小鳥の雛をあ挿し餌で育てた経験のある人ならば納得できることで、死にやすい雛を上手に挿し餌で育てることは苦労も多く、また成功した時の喜びも大きいのです。この飼育は成功したようで、一五一段（160ページ）では、「チュッチュと言うと雀の子がおどるように飛んでくる」とあって、よく慣れた「手乗り雀」に育て上げたことが後日談のように語られています。

第二九段　ドキドキする状況　「心ときめきするもの」

ドキドキわくわくすることといえば……。スズメの雛を挿《さ》し餌《え》で育てている時。小さい子どもたちが遊んでいる前を横断する時。上質のお香を焚《た》いて独り寝をしてる時。舶来品の鏡に、少し曇りが出たのを発見した時。イイ男が車を駐めて、家の者に取り次ぎを頼んでいるのを見つけた時。

髪を洗ってお化粧して、香を焚きしめた着物を着た時。別に誰かに見られてるってわけじゃないけど、なんとなく心の中はウキウキするのよね。彼氏が来るのを待っている夜は、雨の音や風の渡るちょっとした音にも、来た？って心が弾むものなの。

第三一段　気持ちがスカッとするもの　「心ゆくもの」

気持ちがスカッとするものといえば……。上手に描かれた淡彩の絵に、ぴったり合った詞《ことば》書きが長く書かれているもの。祭り見物の帰り、こぼれんばかりに大勢の男子たちを乗せた牛車を、牛使いの上手な牛飼が疾走させているドライビングテクニック。白く美しい陸奥紙《みちのくにがみ》に、どうやって書いたの？って思うほど、細く細く書かれた文字。美しい光沢のある練絹糸を束ねたもの。きれいよね〜。

牛車

牛車というと、ノンビリゆっくり走るようなイメージがありますが、当時の文献や絵巻物を見ますと相当なスピードで走らせたようで、「駿馬」ならぬ「駿牛（すんぎゅう）」という言葉も見られるほどです。

そして身分によって乗ることのできる車種が決まっていました。上皇や皇太后などは最上級の「唐車」、女院などが用いた「糸毛車」、大臣や公卿などが乗る「檳榔毛車」、そして一般が用いた「網代車」などです。檳榔毛車は人の乗る「屋形」を、当時は貴重なヤシ科の植物・ビンロウの

調半《ちょうばみ》サイコロ勝負で「調」が次々と出た時。弁舌さわやかな陰陽師《おんみょうじ》に、河原でお祓《はら》いをしてもらった時。夜中に起きて飲む水、スッキリするわね。退屈していた時に、いつもはあまり親しくしていない人が来て、最近世間で話題になっている、面白い話、腹立つ話、不思議な話のあれこれを、中立な立場でわかりやすく解説してくれるのは、「そうだったのか!」ってすごくスッキリするわ。

神社やお寺なんかに参拝して、何事か祈願する時、お寺では法師、神社では禰宜《ねぎ》が、明るく爽やかに、想像以上に上手にスラスラと神仏にお願いを申し述べてくれると、これも気分が晴れるわね。

第三二段　高級車と大衆車

「檳榔毛はのどかにやりたる」

高級車の「檳榔毛《びろうげ》の車」は、ゆっくりと走らせたほうがいいわ。高級車でスピードを出しすぎるのはみっともない。大衆車の「網代《あじろ》車」は、スピードを出して走らせるものよ。門の前を通ったなって思う間もなく、みるみる遠ざかって去ってゆく。その後ろをお供の人が懸命に走ってゆくのを見て、「誰の車だったのかしら」って想像するのが面白いの。大衆車でノロノロ走ってるのは、メチャクチャかっこ悪い。

葉を細く裂いて晒した繊維を編んで作ったものです。網代車は比較的入手しやすい竹や檜の薄板を編んで屋形を作りました。

檳榔毛車

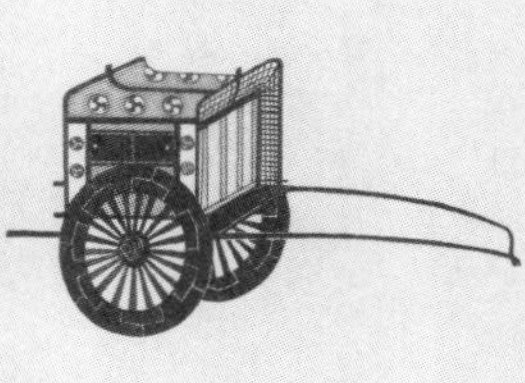

網代車

第三三段　説教会の常連

「説経の講師は顔よき」

説経をするお坊さんはイケメンに限るわね。じっと見つめることができてこそ、お経の内容の有り難さもわかろうってものよ。よそ見してたら頭に入らないで忘れちゃうでしょ。だからブサイクなお坊さんだと、不信心の罪に落ちちゃうわ……なぁ～んて本音を書くのは止めとく。若い時分なら好き勝手に言ってたけど、この歳になると仏さまのバチが恐くってね。

もちろん信仰心があついのはいいことよ。でも説経会が開催される場所に、何がなんでも一番先に入ろうって頑張る人を見ると、私みたいに熱心な信者じゃない者からすると、「なんでそうも熱くなれるのかしら」って疑問に思っちゃうわ。

帝の秘書官「六位蔵人」が五位に昇格したのはいいけれど、「五位蔵人」に欠員がないと、仕方なく蔵人を辞めることになる。辞めた者は、昔だったら帝の御前に伺候《しこう》しないで、その年は内裏《だいり》にも決して顔を見せないものだったけど、今はそうでもないらしい。「蔵人の五位」とか言って、退職後も嘱託《しょくたく》として働ける場合もあるのね。でもそれは結局「お手伝い」だから現職専任時代よりはヒマ。だから説教会なんかにも

平安時代のイケメン

平安時代のイケメンというのがどういうお顔だったかはよくわかりませんが、清少納言はスリムなイケメンが好みだったようです。

当時、高位の貴族には朝廷からボディーガード「随身（ずいじん）」が派遣されましたが、この随身は行列の花形という意味もあったので、武芸もさることながら、特にしゅっとしていることが要求されたようです。

五三段で「随身は少し痩せて細身なのが良い」と言い切っています。また若い男が太っていると眠そうに見えるなどとも言っています。

積極的に顔を出すようになるの。

一、二回行くと習慣になって、その後も行っちゃうのよね。「蔵人の五位」さんは、威儀を正さねばと、夏のメチャクチャ暑い時でもかたびらを華やかに着重ねて、薄二《ふた》藍《あい》や青鈍《あおにび》の指貫《さしぬき》袴なんかを大仰にはいて来る。烏帽子《えぼし》に謹慎期間中であることを示す「物忌《ものいみ》の簡《ふだ》」をつけてるのに、全然謹慎しないで平然としてるのは、仏さまの功徳を受けるための外出ならOKなんだって、勝手な解釈してるんだわ、きっと。

講師のお坊さんと親しげに会話を交わして、後から来る車の駐車位置なんかにもあれこれ口出しをして、さもこの場のスタッフのような顔をする。久しぶりに会う人が来ると、珍しがって近づいてフムフムとしたり顔でうなずき、何かわからないけど面白い話を語っては、扇を大きく広げて口に当てて笑う。豪華な飾りのついた数珠をジャラジャラといじくりながら、あっちこっち眺めては他人の車の品評会をしたり、○○寺の△△法師の法華八講《ほっけはっこう》や経供養《きょうくよう》がどうだった、こうだったと批評。今、目の前でやっている説経なんか、まるで耳に入っていない様子。まぁ、毎回聞かされてる説経なので、珍しくもないんだろうけどね。

六位蔵人

またも清少納言の「六位蔵人」礼賛。確かに六位という比較的低い身分ながら、帝の近くで親しく口を利き、さまざまな雑用のお手伝いをするという任務は、たとえようもない光栄に思えたことでしょう。当然ながら優秀な人間が採用され、上昇志向のある者には出世コースの重要なスタート地点でもあったようです。退任した「蔵人の五位」さんが、清少納言には悪口を言われながらも多くの人々に尊重され、重宝されたのは、優秀な彼らへのリスペクトでもあったのでしょう。

講師が座についてしばらく経った頃、そんな「蔵人の五位」なんかじゃなくて、少人数のお供を先立てた車から降りてくる人たちが来たの。セミの羽より軽そうな薄物の直衣《のうし》に指貫、夏物の生絹《すずし》の単《ひとえ》なんかを着た人もいれば、狩衣《かりぎぬ》姿もいる。年も若くてスリムな体型。それが三、四人ほど、同じ人数のお供の者を従えて入ってきたわ。先に入っていた人たちは少しずつ詰めて席を空け、その人たちを講師の座に近い柱のそばに座らせたのね。その若い公達《きんだち》たちは、静かに数珠を押し揉みながら熱心にお説教を聞いてた。講師もさぞや嬉しく張り合いがあったことでしょうね。人に語り継がれるほどの名説法にしようと、張り切ったのよ。

若公達たちは、必要以上に有り難く聴聞したり平伏したりというような、わざとらしいこともしないで、ちょうどいい頃合いを見計らって席を立ち、駐めてある車の方を見ながら仲間同士で何やら話し合っている。どんなことを話しているのか、気になるぅ～。彼らを知っている人たちは、その振る舞いの優美さに感心したし、知らない人たちは、「一体どこのどなたなのかしら。あの方？　それともあの人？」……な～んて、後ろ姿を見送りながら、いろいろ語り合うのも面白かったわね。

「どこそこで説教会があった。ここでは法華八講が開催された」なんて話が出るたびに、「あの人はまたいただろうな」「いないはずないじゃないの」なんて、毎度毎度の

削り氷（けずりひ）

四二段（39ページ）で当時「削り氷」と呼ばれた「かき氷」が登場します。

製氷技術などなかった当時、冬の間の自然氷を「氷室（ひむろ）」と呼ばれる施設で貯蔵して夏場に利用したのです。平安の朝廷マニュアル『延喜式』には、天皇に四月一日から九月末まで、諸臣には五月一日から九月末まで氷を支給するとあります。これを宴会のデザートとしてかき氷に使ったり冷酒用にも用いましたが、『養老令』（喪葬令）には夏場の遺体保存のため支給という規則もあり、ある意味で納得です。

ご常連になるっていうのも、どうしたものかしら。もちろん、全然聴きに行かないっていうのも、それはそれで問題なのはわかるわ。身分の低い女でさえ、熱心にお説教を聴く者もいるというわけなんだから……。

でもね、昔は、女子が気軽に外出して歩きまわるってこと自体なかったのよ。たまに出かける時もよそ行きの壺装束の姿にして美しくお化粧をしてから出かけたものよ。それも神社・仏閣の参拝にね。女子がお坊さんの説経を聞くなんて、あまり例がないことだったみたいよ。その頃にそういう外出をしてた人がまだ生きていて、今の有様を見たら、どれだけ批判して誹謗《ひぼう》中傷するでしょうね。

第四二段 上品で美しいもの 「あてなるもの」

上品で美しいものといえば……。薄紫色に白を重ねた汗衫《かざみ》を着ている少女。雁の卵。新しい銀のお碗に入れた、透明なシロップをかけたかき氷。水晶の数珠。それからえっと、藤の花。梅の花に雪が少し降り積もった光景。そうそう。すっごく可愛い幼な子が、イチゴを食べている光景も美しいわ〜。

イチゴ

上品なものとして、可愛い子どもがイチゴを食べている光景を挙げています。このイチゴは「覆盆子」と書き、キイチゴやクサイチゴのこと。現在私たちが普通に食べるイチゴはオランダイチゴで、普及したのは江戸時代の末になってからです。平安人はイチゴを愛し、天皇専用の「覆盆子園」もありました。『延喜式』では天皇用として旧暦の五月に覆盆子を食膳に供するとあります。これらは山城（京都府）、摂津・河内（大阪府）から納められました。

第五六段　宮中の「名対面」

「殿上の名対面こそ」

夜、宮中の清涼殿《せいりょうでん》で行われる殿上の「名対面《なだいめん》」、つまり宿直者の点呼《てんこ》って、なかなか面白いものなのよ。蔵人が名前を呼ぶんだけど、帝の御前にいる時は、着席したまま宿直者の名を呼ぶの。呼ばれて参上する殿上人の足音を、私たち女房は「上の御局《みつぼね》」の東側で、耳をすませて聞いてるわけ。点呼の名前の中に、知ってる人の名前があったりすると、思わず胸がドキッとするわ。詳しいことを秘密にして教えてくれない男の名前を聞いた女子は、どんな気持ちになるかしらね。

聞き耳立ててる女房たちは、「いい名乗り方ね」「これはダメ」「何あれ？　聞こえないわよ」なんて、勝手に点数つけたりするのが面白いのよ〜。

「これにて終了」って声を聞くと、今度は警固《けいご》の武士を点呼する番。滝口の武士が、弓の弦《つる》を鳴らしながら、靴音高くやってくる。すると蔵人は縁側の板を音も高く踏みならしながら進んで、東北の隅の勾欄《こうらん》に「高ひざまずき」というポーズで、帝の方を向いてしゃがむのね。つまり滝口の武士には背中を向けるわけ。そのまま

「誰それはおるか」

って滝口の点呼をとるんだけど、その光景がなんとも面白いのよ。滝口たちは高い声

滝口の武士と鳴弦

天皇のごく身近で警護の任務に当たっていたのが「滝口の武士」。内裏の警護は本来は近衛府の任務ですが、蔵人の権限が強くなった平安中期は蔵人所所属の武士が警護を担当しました。天皇の起居する清涼殿の庭の片隅にある「滝口」を詰め所にしたためにその名称があります。蔵人所所属ですから、毎晩の宿直勤務の点呼は六位蔵人が取ります。その返事の声に女房たちが聞き耳を立てて、あれこれ点数をつけていたのですね。

点呼の場へは弓の弦をビュンビュン鳴らしながらやってきます。これは「鳴

や細い声、それぞれで名乗る。たまに欠席者がいて、その者は名対面できませんと申し上げると、「どういう理由での欠席か」と尋ねるの。

そうやって蔵人が欠席の理由を聞いて帰るのが通例なんだけど、方弘《まさひろ》っていう蔵人は、ある時、その理由を聞かなかったのよ。それを公達が注意したら逆ギレしちゃって滝口に八つ当たり。その滝口たちにさえ笑われちゃう始末（この方弘って人は場の空気を読めない人なのよね）。

ある時、帝のお食事を置く御厨子所《みづしどころ》の御膳棚《おものだな》を下駄箱と間違えて、自分の靴を置いちゃった。当然大騒ぎよ。主殿司《とのもづかさ》の人たちが可哀想に思って「誰の靴でしょう。わからないですね」なんてかばってくれたのに、方弘は自分から、

「やや、これは方弘の汚い靴でして」

なんて名乗り出て、大問題になってたわ。

第五八段 ぽっちゃりなほうがいい 「若き人、ちごどもなどは」

若い人や子どもは、ぽっちゃりしていたほうが可愛いな。地方長官の受領《ずりょう》みたいな、人の上に立つ役職の人も、やっぱり恰幅《かっぷく》がいいほうがいいんじゃない？

弦（めいげん）」と呼ばれる一種の魔除けで、出産の折なども母子の健康を祈って鳴弦が行われることになっていました。

滝口の武士

第六三段　男女は別れ際こそ大切

「あかつきに帰らむ人は」

夜明け前に女の元から帰る男は、装束をあまりキチンと整えすぎたり、烏帽子《えぼし》の紐を髪の元結《もっとい》にしっかりと結ばないほうがいいと思うな。そういう時はしどけない、堅苦しくない姿で、直衣《のうし》や狩衣《かりぎぬ》をだらしなく着崩してたって、誰も笑ったり悪口を言ったりしないものよ。

夜明けの別れ際の姿にこそ、男の良さが見えるものなの。起きなきゃいけないのはわかってるけど起き渋ってる男に、せっつくように「もう夜が明けるわ。誰かに見つかったらまずいでしょ」って追い立てる女。「う〜ん、でもね」なんてぐずってる男。いかにも名残《なごり》惜しげな感じで、そういうの悪くないじゃないの。

指貫袴をはこうともしないで女のそばに寄り添って、昨夜の寝物語に語り尽くせなかった愛の言葉を女の耳元でささやくけど、今さら何をするというわけでもなく、帯を結ぶ。蔀格子《しとみごうし》を上げ、扉がある部屋なら二人で開けて、「昼間逢えないのはつらい」なんてお互いにいつまでも言い合って見送られている光景、なかなか結構なものじゃない？

指貫（さしぬき）

装束のボトムスとしては、正式な束帯で用いる「表袴」と、宿直用の衣冠やカジュアルな直衣、狩衣などではく「指貫」がありました。指貫はゆったりとした形状の袴で、一二〇段に「くくりあげたる指貫の裾」とあるように、裾に指し通された紐をぎゅっと絞って足首もしくは膝上に結びつけてはきました。絵巻物に描かれる指貫は近世以降のものよりもかなり巨大です。一三四段には「指貫は足衣とか袋とか言うべき」とあり、当時は大きな袋状であったようです。

(そういうのに対してね)

何か思い出したところでもあるのか、すごくキッパリと起きて、早々と帰り支度をごそごそはじめる男もいる。指貫の腰紐を強く結び、着やすいように袍や狩衣の袖をまくり上げて帯をきりり。烏帽子の紐も髻《もとどり》にギュッと強く結ぶの。扇とか懐紙《かいし》は昨日枕元に置いといたんだけど、夜のドタバタでどっか行っちゃった。どこ行ったかなと探してもまだ暗いから見えないの。「どこだどこだ」と手であっちこっち叩いて探し、やっと見つけた扇をひろげてバタバタあおいで、懐紙を懐《ふところ》に入れるなり、

「じゃ、帰る」

って、すっぱり去ってゆく。

(……こういう男、別れ際、みんなどう思う?)

第六七段 草の花といったら 「草の花は」

まず撫子《なでしこ》よ。唐撫子(セキチク)はもちろん美しいけど、大和撫子だってとっても素敵よね。女郎花《おみなえし》・桔梗《ききょう》・朝顔・苅萱《かるかや》・菊・つぼ菫《すみれ》。龍胆《りんどう》は、枝の形なんかはイマイチだけど、他の花がみんな枯れちゃった後でも、すごく華やかな感じで咲くのがすっ

烏帽子(えぼし)の紐

烏帽子は「小結(こゆい)」という紐を「髻(もとどり)」に結びつけて固定しました。平安時代の男子は外に出る時は必ず頭に何かをかぶるのが絶対的なマナーでしたから、しっかり結び留めることが大切だったのです。

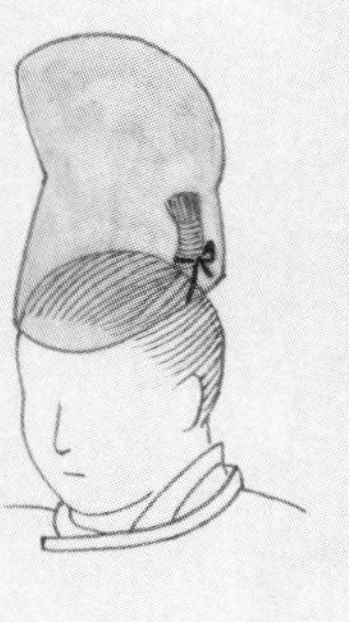

ごくいいわ。それから、わざわざ取り立てて人に言うほどじゃないけど、「かまつか」の花は可憐だと思うわ〜。でも漢字だと「雁来花」って書くのよ。その名前がチョットね。「かにひ」の花。色は濃くないけれど、藤の花によく似ていて、そして春と秋の二回咲くのが面白いわね。

萩の花は、色の濃い花が咲いたしなやかな枝が、朝露に濡れてナヨナヨとひろがり伏している情景がいいわね。牡鹿がこの花が好きで、よく萩の木のそばにいるっていう話なんだけど、なんか特別感あるわよね。八重の山吹もいいな。

夕顔は、花の形が朝顔に似てて、朝顔・夕顔って続けて呼んでもおかしくない花の風情なんだけど、実の形が非常〜に残念なのよ（だってカンピョウよ）。なんでまた、あんな実になっちゃったのかしら。せめてホオズキに似てるくらいだったら良かったのにね。それでもやっぱり、夕顔っていう名前は素敵だと思うわ〜。それから「しもつけ」の花。葦の花ね。

この段に、ススキを入れないのは納得できん！　っていう人もいるでしょうね。たしかに、秋の野原一面にひろがるススキの原は見事よ。穂先が濃い蘇芳《すおう》色（ワイン

平安時代のススキ

清少納言はじめ、平安貴族は四季折々に咲く花を心から愛し、それらを詠んだ和歌を数多く残しています。こうした植物は、たとえ名称が同じでも、千年間の品種改良などにより、現在私たちが目にするそれとまったく同じではありません。しかし和歌や文章の中の表現から、その姿を偲ぶことは可能です。

現在のイメージと異なるものとしては、ススキが挙げられます。清少納言はススキの穂を「濃い蘇芳色（ワインレッド）」としていますが、現在のススキにはそのイメージはあまりないの

レッド）のススキが朝霧に濡れてなびいている姿なんか、これほどの美しさはほかにないっていうくらい。……でも、でもね。秋も終わりの姿はもう見る影もないわ。いろいろに咲き乱れていた花が跡形もなく散り果てた後、ススキだけは冬が終わる頃まで、頭がすっかり真っ白のボサボサになっちゃったのも知らないで、昔の華やかな思い出に浸って風にそよいでいる姿は、まるで人間のように思えるの。そういう風に考えちゃうからこそ、ものの哀れは深まるのかもしれないわね。

第七三段　逢瀬は夏がいい

「しのびたる所にありては」

恋人との密会は、夏の夜が特に情緒があるわ。夜がすごく短いから、全然寝ないうちに夜が明けてしまうでしょ。一晩中、窓を開けっ放しにしてたから、涼しくて見通しが良いのよね。でも、まだ愛の言葉は語り足りない。いつまでも互いに言葉を重ねているうちに、空高く鳥が鳴いてゆく。あっ、鳥に逢瀬を見られてしまった、な～んて気持ちになるのも面白いの。

冬の夜の逢瀬はともかく寒い。二人して夜着に埋もれて寝ながら耳を澄ませば、鐘の音がゴ～ンと地の底からでも響くような気がするわ。鶏の声も、暗いうちは羽の内

ではないでしょうか。平安時代はイネを含め、ススキなどのイネ科植物の穂は赤かったようです。二二七段の稲刈りの描写では「赤い稲の根元は青い」とあります。鎌倉時代の『無名抄』（鴨長明）でも「真蘇芳のすすき」という描写が見られます。女房装束の重ね色目での薄（すすき）重ねも蘇芳色が主体の色彩表現がなされています。

こうした赤い穂はイネ科植物の原種の色彩なのです。今でも郊外では赤い穂のススキを見かけることがあります。

側に口を入れて鳴くから籠もった声で、遠くから聞こえるみたいだけど、夜の明けるにつれて近くに聞こえるのも面白いわね。

第七四段　召使いの選び方　「懸想人にて来たるは」

恋人として来た時はもちろん、ただのお喋り友だちでも、そうじゃなくて、それほど親しくない人がやってきたのでも、どんな場合でもいいわ。御殿の御簾の内側に大勢の人々が集まって何やら話し込んで、なかなか帰る気配がない時のことよ。お供の者や童なんかが、中をちょくちょく覗き込んで、さも嫌そうな口ぶりで、

「まだかね。あんまり長くて斧の柄が腐っちまうぜ。あ～あ」

なんて、聞こえるように大あくびしたり、聞こえないつもりなのかどうなのか、

「やってらんねぇよなぁ。苦労が絶えないぜ。もう夜の夜中なのによう」

なんて言う声が聞こえるのは、聞き苦しいったらない。こんな連中はどうしようもないから仕方ないけど、その主人がめちゃくちゃイメージダウンよね。今まで立派な人だと思って高く評価してたのに、これでいっぺんにパァよ。


それほどはっきり言わなくても、「あ～あ」って大きくため息をつかれると、「下ゆく水の」（『古今六帖』の「心には下ゆく水のわき返り　言はで思ふぞ言ふにまされ

下部（しもべ）たち

清少納言があまり良いイメージを持っていなかった下部たちにも、さまざまな種類の職種がありました。一般的なのは白い狩衣に白い袴をはいた白丁（はくちょう）。傘持ちや車副（くるまぞい）など、各種の雑用をこなしました。その白狩衣はのりを利かせ張ったので「白張」、胡粉（ごふん）で木のように硬く固めたため「如木」という別名もありました。狩衣が「退紅」（本文では赤衣）と呼ばれる薄紅色であるのは、やや上級の仕丁（しちょう）。退紅の狩衣に黒い袴をはいているのは、「居飼

る」っていう歌の心ね）って思いを吐き出しているのかと考えれば哀れなものよ。

立蔀《たてじとみ》や透垣《すいがい》なんかのそばで、

「やれやれ、雨が降りそうだぜ」

なんて聞こえよがしに言われるのも憎ったらしいわね。すごく高い身分の人や公達なんかのお供にはそんなレベルの低いのはいないけど、それ以下の身分の人たちのお供には、この手の連中がよくいるんだな～これが。たくさんいる召使いの中でも、よその家に連れて行く時は、よくよく人柄を見て選んだほうがいいわね。

第七五段 滅多に存在しないもの 「ありがたきもの」

滅多に存在しないものというと……。舅《しゅうと》にほめられる婿と、姑《しゅうとめ》に大切に思ってもらえる嫁って、滅多にいないわよね。毛がよく抜ける銀の毛抜とか、主人の悪口を言わない従者もね。

ひねくれた心がまったくなく、外見や気立て・雰囲気が素晴らしくて、世間に暮らしていても少しの欠点もない人（いるわけないか・笑）。同じところに住みながら、

（いかい）」と呼ばれる牛馬の飼育係です。

白丁

居飼

親しき仲にも礼儀あり。互いに恥を見せないように、少しの隙も与えずに身を慎んで、最後の最後まで情けない姿をついに見せない人。

物語や歌集なんかを書き写すのに、元の本に墨をつけないこと。大切な本なんか、どんだけ注意してても必ず汚しちゃったりするものなのよね。

男女の仲は言うまでもないけど、親友よと誓い合った女同士の友だちも、ずっとその友情が変わらず続いていつまでも仲良し、なんてことは滅多にないわ。

第七九段 どうしようもないもの① 「あぢきなきもの」

どうしようもないもの。自分から宮仕えしたいって勤め出したのに、いざ働いてみると、「こんな窮屈な生活、面倒でイヤ」なんて言い出して、つまらなそうにしている子。

養子にとった子の顔がブサイクだったこと。来るのを渋ってた男を、無理に娘の婿に迎えたのに、「どうも思ったような男じゃないな」なんて嘆く親。

御仏名（おぶつみょう）

平安時代、朝廷の年中行事は神事を中心としていましたが、私的な年中行事として数多くの仏教儀式も行われました。「御仏名」（仏名会）もそのひとつで、過去・現在・未来の三千の仏の名が書かれた『仏名経』を唱えて、一年間の罪障をざんげして消滅させ、また国家安泰を祈願するものです。恐ろしい地獄の光景を見ることでざんげする心を高めることも仏事の一環でしたから、中宮・定子が清少納言にしつこく見ること を求めたのも当然ですね。

第八一段 年の暮れの「御仏名」

「御仏名のまたの日」


年の暮れの恒例仏事「御仏名《おぶつみょう》」の翌日のことだったわ。地獄絵の描かれた屛風を取り寄せて中宮さまがご覧になったの。これも仏事の一環ね。でもそれはもう、不気味で気持ち悪いこと限りなし。中宮さまは
「さぁ、これを見なさい。見るのです」

っておっしゃるんだけど、

「とても見ることはできません」

と申し上げて、気持ち悪さのあまり、部屋に引っ込んで寝ちゃったわ。


雨がひどく降り続くから暇つぶしにと、中宮さまのお部屋に殿上人たちを呼んで、楽器演奏のセッションがはじまったみたい。聞いてると、道方《みちかた》の少納言の琵琶《びわ》、これは驚くほど上手だったなぁ。それから済政《なりまさ》の弾く箏《そう》の琴、行儀《ゆきよし》の笛、少将・経房《つねふさ》の笙《しょう》なんかも良かったな。


ひとしきり演奏して、琵琶の音が途絶えた頃、大納言・伊周《これちか》さまが、

「琵琶の声やんで、物語せんとすること遅し～♪」

って、白居易の漢詩『琵琶行』を朗詠する素敵な声が聞こえた。もう我慢できないわ。

琵琶（びわ）
平安貴族たちは教養のひとつとして各種の楽器を演奏しました。みな、必ず何か得意とする楽器を持っていることが必須だったのです。この中で少納言・道方が弾く琵琶がもっともグレードの高いものとされ、帝が弾く楽器の第一は琵琶でした。皇室の宝物にも琵琶の「玄上」があります。鎌倉時代に順徳天皇が著した『禁秘鈔』には、その名の由来について、「玄象」（黒い象）の図が描かれていたからという説と、琵琶の名手・藤原玄上が醍醐天皇に献上したからという説、両説が記されています。

部屋から起き出して、中宮さまのお部屋に参上したの。

「仏事の時は隠れて、遊び事になると出てくるなんて、罰が当たりそうですけど……あんまり素敵なんですから、やむを得ませんよね」

なんて言って、笑われちゃった（てへっ）。

第八二段 誤解 「頭の中将の、すずろなるそら言を聞きて」

頭《とう》の中将の斉信《ただのぶ》さまが、馬鹿馬鹿しい作り話を信じて、私のことをすごく悪く言うようになったの。

「どうしてあんなのを人間扱いしてたんだろう」

なんて、殿上人たちにもしきりに悪口を言ってるらしい。そのことを聞いて悲しくなったけど、

「本当のことじゃないんだもの。いつかわかってもらえるわ」

って笑い飛ばしてたのね。でも彼は、清涼殿の黒戸のあたりを通る時にも、私の声が聞こえると顔に袖を当てて、私の姿を見ないようにするのね。いやもう、ひどく嫌われたものよ。こっちもとやかく言わないで、知らん顔してたわ。

物忌（ものいみ）

平安時代の文献には「物忌」がよく登場します。物忌とは、神事の前など何らかのはばかる事情があってお籠もりをし、その期間は人と会わないなど、日常生活の一部を停止すること。現代でも似た風習として、お祭り前に身を慎む「潔斎（けっさい）期間」があります。

平安中期には、夢占いなどの結果により陰陽師が物忌の日を定めるようになります。陰陽師が柳の木の札やノキシノブに書いた「物忌簡」という札を家の御簾にかけ、本人も冠や烏帽子につけて物忌中であること

二月の末頃だったかしら。すごく雨が降って退屈な日、彼は「物忌《ものいみ》」で引き籠もっていたらしい。「少納言と話をしないと、やっぱりさびしいな。何か手紙でも出そうか」なんて言ってるらしいって人々が教えてくれたけど、「そんなわけないでしょ」って、放っておいたの。その日は私、一日中自分の局《つぼね》にいて、夜になってから中宮さまのお部屋に参上してみると、中宮さまはもうおやすみになってたわ。女房たちは次の間の灯火の下に集まって、「扁《へん》つぎ」っていう遊びをしてたの。

私を見るとみんなは

「あら少納言よ、嬉しいわ。早くこちらにおいでなさい」

って言ってくれたけど、中宮さまがおやすみではつまらない。参上した意味がないわって思っちゃった。火鉢の横でぼんやりしてると、そこにも人がたくさん集まってきたので、しばらく世間話をしてたの。そしたら

「誰それが参りました」

って言うから、誰かと思えば庶務係の主殿司《とのもづかさ》よ。

「少納言さまに、直接お伝え申し上げたいことがございます」

って言うので、会って聞いてみたら、

「この手紙を頭の中将殿から預かって参りました。すぐに御返事を」

を示しました。今もお葬式の家に「忌中」の張り紙をするのはその名残です。ただし「忌」の字は本来は縁起の悪い意味ではなく「神聖なるものを畏れ慎む」ことを意味します。それゆえ、もっとも神聖な神事「大嘗祭（だいじょうさい）」の奉仕者が着る衣は「小忌衣（おみごろも）」と呼ばれているのです。

平安時代に物忌は尊重され、公務を欠席する際の理由として通用しました。そのため、物忌と称してズル休みする殿上人も少なくなかったようです。

だって。

私のことが大嫌いだっていうのに、どんな内容の手紙かしらと思ったけど、そこですぐに見る気にもなれないじゃない。

「下がりなさい。後でこちらから返事をやりますから」

って言って、手紙を懐に入れて部屋の中に戻ったわ。そこでまた、女房のみんなと雑談をしてたら、さっきの使いの主殿司がまた来たの。

「お返事がないなら、先ほどの手紙を返してもらって来い、とのことです。どうかすぐにお返事をください」

と言うので、おかしなことを言う人だわ、まるで伊勢の物語？ なんて思いながら手紙を開いてみたら、青い薄紙に美しい文字で、『白氏文集』の一節

「蘭省花時錦帳下（蘭省の花の時、錦のとばりのもと）」

って書いてあって、続けて「この後はどう続ける？ どうだ？」ってある。

さ～て、どんな返事をしたらいいものか。中宮さまが起きておいでならお目にかけて話の種になったのに……。この詩文の後に続けて知ったかぶりの、たどたどしい漢字を書くのも見苦しいなって考えたわ。主殿司がうるさく催促するので、仕方ない。

平安貴族と漢詩

『枕草子』では、貴族たちが何かというと漢詩を口ずさんでいます。これは当時不可欠の教養でした。貴族たちは多くの漢詩を覚えていて、良きタイミングを見計らってその場に適切な詩を歌いました。この時、節をつけて歌うことを「朗詠」と呼びます。

星の数ほどの漢籍を読み込んでいくのは大変。そこでリファレンスガイドが生まれました。『枕草子』にも登場する藤原公任が長和二年（一〇一三）頃に編纂した『和漢朗詠集』です。漢詩五百八十八句と和歌二百十六首が収載されてお

火鉢の消し炭で「草の庵を誰か訪ねん」って書きつけて渡したの（『白氏文集』の詩の続き「廬山雨夜草庵中」を和風にしてみたわけ）。その返事は来なかったわ。

その夜はみんなでそこに寝て、翌朝早くに自分の部屋に下がっていくと、

「ここに草の庵はいますか」

って、源中将（宣方）の物々しい声がするから、

「何をおかしなことを。そんなものはおりませんよ。『玉の台《うてな》』をお探しとおっしゃるなら、お答えしますのに」

と言ったら、源中将は

「いやぁ有り難い。下の部屋においでデしたか。中宮さまのお部屋まで探しに行こうかと思ってたんですよ」

と答えて、こんな話をはじめたのよ……。

昨日の晩、頭の中将の宿直所に、偉い人も六位蔵人もみんな集まって、いろんな人の噂話だの最近の話題やら昔話なんかしていたら、頭の中将が、

「あの少納言とやらと絶交した後、どうにも気になりましてね。向こうから何か言ってくるかと待ってたんですが、平気で知らん顔している。それがまた気に障るから、

り、これだけ覚えればまず安心と重宝されました。『古今和歌集』が初出の「君が代」も収録されており、祝賀の歌として節をつけて朗詠されたようです。

漢詩は男子の教養とされ、女子が漢詩を嗜むことは白い目で見られたようですが、清少納言はお構いなしに漢詩の知識を披露します。実は中宮・定子の母、高内侍・高階貴子も漢詩の教養が豊かだったことが広く知られていたのです。それを受け継いだ定子も、漢詩の教養は負けていませんね。

ひとつ今夜、良くも悪くもカタをつけてしまおうと思うんですよ」

と言い出したので、みんなで相談して手紙を書いて届けさせたわけです。そうしたら主殿司が戻ってきて、

「今すぐにはご覧にならないとおっしゃって、部屋の中に入ってしまわれて……」

と言うので、

「袖をつかんででも、ともかく返事をもらって来い。でなければ、手紙を返してもらって来い」

と、大雨の中、叩き出したわけです。そうしたらまたすぐに戻ってきた。

「これでございます」

と差し出したのが、こちらから送った手紙だったのですよ。頭の中将が
「さては突き返してきたのか」

と開けて見るなり、あっと声をあげたのです。周りの人たちが、

「どうされました。どういうことです」

と近寄って手紙を覗いてみると、頭の中将は、

「こういう味な真似をするんですよ、アイツは。だからこそ捨ておけないのです」

と興奮気味。みんなで
「この歌に上の句をつけてやろうじゃないですか。源中将、どうだ」

藤原斉信

清少納言が藤原斉信について語る時、深い親愛の情を感じます。中宮・定子のサロンも度々訪れ、いかにも仲が良い様子が描かれていますが、実は斉信は、定子の実家「中関白家」の政敵である藤原道長派の一員と言って良い人物。彼が参議に昇進したのは、定子の兄弟が左遷された事件のまさに当日でした。

清少納言は斉信との楽しい交流を嬉しげに記していますが、こうした人物との交流が「清少納言は道長派」という噂を招き、立場を悪くすることになるのです。

なんて言われて、夜更け過ぎまであれこれ考えたものの、とうとう上の句が思いつかない。

「こういう素晴らしい返事のことは、必ず後世まで語り伝えるべきだな」

と語り合ったのです。

……ですって。

なんとも気恥ずかしいようなお誉めの言葉じゃないの。

源中将は、

「少納言、あなたの名前は、これからは『草の庵』ということになりましたから」

と言って、急いで帰っていったわ。

「やれやれだわ。すごく悪い名前が後世に残っちゃう」

ってぼやいてたら、そこに修理亮《すりのすけ》の則光が来て、

「素晴らしい出世話があるから知らせてやろうと思ってね。中宮さまのお部屋まで探しに行こうとしてたんだよ」

って言うのよ。

「いったい何の話？　人事異動が発表になったなんていうことは聞いていないけど、何になったの？」

頭の中将

斉信が就いている「頭の中将」は、蔵人所の事実上のトップ「蔵人の頭」と近衛中将を兼任する、宮中の花形といってもいい役職です。女房にも人気があるだけでなく、若手の貴族にとっては出世の登竜門。『源氏物語』でも、主人公・光源氏の親友であり好敵手でもある人物が初登場する時の役職は頭の中将です。宮中の花形を描くには最適な官職だったのでしょう。彼は後に太政大臣にまで出世しています。いっぽう藤原斉信は藤原道長の息子たちに出世を阻まれ、権大納言に止まりました。

と聞いたら、

「いや、俺のことじゃないんだ。昨日の夜は嬉しくって早く知らせたくって、ろくに眠れなかったよ。いやもう、こんなに面目を施したことはないね」

って言う。そしてさっき源中将が語ったのと同じ内容をもう一度話して、

「頭の中将殿が、『返事次第では、もう少納言のことは、存在そのものを頭から消し去る』って言われただろ。みんなであれこれ算段して手紙を送ったあげく、使いが手ぶらで帰ってきた時、正直言って俺はホッとしたね。……で、二度目に手紙を持ち帰ってきた時は、どんな内容かとドキドキしたぜ。もしも悪い内容だったら、兄貴分の俺にとっても、悪い結果になるに決まってるからな。

そしたらだよ。周りにいた人たちがみんな感動してる。

『ほれ兄さん、こっちに来い。これを見てみよ』

って言うんだ。俺は内心、嬉しかったけど、

『私は和歌とかそういう風流なことは苦手でして』

って申し上げたら、

『何も歌を批評しろとか、味わえとか言っているんじゃない。ただ、他人に宣伝しろ

清少納言の結婚

殿上人たちから軽く見られているのが、修理亮の橘則光。この段以外でも「笑われキャラ」的な立ち位置で登場しています。この則光の元服の際、烏帽子親を勤めたのが清少納言の父・清原元輔であったために、清少納言とは「兄・妹」と呼び合っていますが、実際の二人は夫婦関係であったのです。清少納言が宮中に出仕する前に陸奥守であった則光と結婚し、則長という男子をもうけています。則長は清少納言憧れの六位蔵人となり、受領の越中守で亡くなりますので、清少納言としては満足だったたこ

と言うんだ。ほら見てみろよ』

……まぁそう言われたら、兄貴分としては、いささか悔しいところもないじゃなかったな。で、ともかくみんなで上の句をとあれこれ考えたんだけどさ、どうにもつけようがないわけさ。

『いっそのこと、別の返事を出そうか』

なんていう声もあったけど、

『でも、それがまたダメなんて言われるのも癪《しゃく》だよな』

なんて話して、気がついたら夜更け過ぎさ。これってさ、俺にとってもお前にとっても、実にこの、大したもんなんじゃないかい？　人事異動でちょっといい役職につくなんてのより、ずっと素晴らしいこったぜ」

って、則光は熱く語ったの。それにしても、そんな大勢で私のことをあれこれ話していたのね。なんにも知らずに下手な返事をしてたら恥をかくとこだったな、と今にして少しドキッとしたわ。

この「兄《せうと》」「妹」どうのこうのというのはね、則光の烏帽子《えぼし》親が私の父の清原元輔だからなのよ。二人が妹・兄、ということは帝までご存じで、殿上でも則光は官職名

とでしょう。

いっぽう則光は本文にあるように体育会系の無骨な性格であったことが災いしたのか夫婦は離別に至り、清少納言は二十歳ほど年長とされる摂津守・藤原棟世と再婚、女子をもうけます。この子は歌人となり上東門院小馬命婦と呼ばれ、道長の娘である中宮彰子に仕えました。なかなかに複雑な立場であったことでしょう。清少納言の晩年は伝説めいて不明ですが、夫の任地であった摂津国で暮らしたようです。

ではなく「兄さん」って呼ばれているのよ。

則光とそんな話をしていると、「まず参れ」と中宮さまからお召しがかかったわ。参上してみると案の定、この件。こうおっしゃったのよ。

「帝がおいでになっておっしゃるには『殿上人たちは皆、少納言の句を扇に書いているそうだね』ということですよ」

いやもう、どうしたらいいものか。一体誰がそんな話を申し上げたのかしらと思っちゃった。それから後は、頭の中将も袖几帳《そでぎちょう》みたいな絶交状態はやめて、昔通りの気持ちに戻ってくれたらしいわ。

第八七段　中宮さまのいけず

「職の御曹司におはします頃」

中宮さまが中宮職事務所にお住まいだった頃、西の廂《ひさし》の間で「不断の御読経《みどきょう》」があったわ。仏さまの御像の絵なんかをかけて、たくさんのお坊さん方が集まっている光景は見ものだったわねぇ。それから二日ばかりたった日、縁側で聞き慣れない声がする。聞けば

「仏さまのお供えもののお下がりがございますでしょうか」

職の御曹司（しきのみぞうし）

八七段でいう中宮職事務所とは、正式には「職の御曹司」といいます。「長徳の変」（144ページ）により宮中を追われた中宮・定子は二条の邸宅に移りますが、重ねて不運なことにここで火災に遭い、叔父である高階明順の邸に住むことに。その後に一条天皇の母・東三条院詮子の病気平癒祈願のために大赦が行われ、配流されていた定子の兄弟が赦免。定子の謹慎も解けたようで、内裏のすぐそばにある中宮職の事務所に転居したのです。定子を愛していた一条天皇の意向

って言ってる。

「なんでだ。まだ早いだろう」

とお坊さんたちの答える声がするので、一体どこの誰が無理を言ってるんだろうと出て見ると、年老いた尼さんがいたの。えらくまぁ汚れた衣を身にまとって、モゴモゴ言っているのよ。

「この尼さん、なんて言ってるの？」

と聞いたら尼さん、格好つけた声で、

「私、仏さまの弟子でございます。ですから仏さまのお下がりをくださいと申し上げているんでございます。それなのにお坊さまたちがケチなことをおっしゃって……」

って言うんだけど、なかなかどうして、明るいし上品なのね。

　この手の人たちは、惨めな有様であればあるほど、哀れに思ってもらえるものだけど、この尼さんはなかなか華があるなぁと思って、

「ほかには何も食べず、仏さまのお下がりだけ食べて暮らしているの？　それは大変有り難い生活といえるわね」

って声をかけたら、私の方を見て、

「そんなわけありません。ほかのものも頂戴いたしますよ。それがございませんので、

があったのでしょう。

　職の御曹司は事務所ですから、通常の寝殿造りの邸宅とは勝手が違っていたようです。樹木がうっそうと茂り、建物の屋根が高くて物寂しい雰囲気。母屋には鬼が住んでるという噂すらありました。さらには大内裏と一般市街をつなぐ陽明門に近いために、辺りを行き交う公卿の前駈たちが走り回る、世間じみた騒々しい場所でもあったことが七八段に描かれています。しかしそのことも「面白く感じた」とポジティブに記すのが清少納言なのです。

こうやってお願いしているんでございます」

と言うから、果物や「のし餅」なんかを容れ物に入れてやったところ、急に馴れ馴れしい態度になって、なんだかんだ話しはじめたわ。

若い女房たちも出て来て、

「お前、いい男はいるの？」

「どこに住んでるの？」

とか口々に聞いてみると、尼さん、面白い答えや冗談なんかも上手なので、ついでに
「歌はうたえる？　舞なんかはどう？」

と尋ねる間もなく、

「夜は誰と寝ようか♪　常陸《ひたち》の介と寝よう♪　生肌の感触が素敵♪」

な～んて、とんでもないエロ歌を歌い出しちゃった。この先はいろいろあったけど、さすがに書けないわ。そしてまた、

「男山の峰の紅葉は～♪　さぞや名前が立つ立つでしょう♪」

って頭を振りながら歌うの。いやもう、とんでもなく下品なので、みんな笑いながらも顔をしかめて
「もう出ておゆき、さ、出てって」

定子の隠棲と出産

長徳元年（九九五）四月に中宮・定子の父、関白・道隆が亡くなった後、定子の兄弟が花山法皇に矢を射るほか、いくつかの大事件を起こして配流されてしまいます。これが世にいう「長徳の変」。定子は宮中を退出して二条邸に引きこもりますが、ここに兄弟が逃げ込みます。それを追う検非違使（けびいし／警察のこと）が二条邸に捜索に入り、定子の目の前で兄弟は逮捕拘引されてしまうのです。この現場に遭遇した定子は、あまりのことに自らハサミをとって髪を切り、出家の意向を表します。

って言ったわ。

「でも、可哀想だから、何かやりましょうよ」

とみんなが言っているのを中宮さまがお聞きになって、

「どうしてこんな、とても聞きにくい歌など歌わせたの？　聞こえないように耳をふさいでいましたよ。その衣一枚をやって、早くどこかに行かせて」

とおっしゃっるのよ。だから、

「これをくださるそうだよ。その煤《すす》けた衣と取り替えて、洗濯して着るのだよ」

と、衣を投げてやったら、尼さんは伏し拝んで肩に衣をかけ、貴族がやる拝領《はいりょう》御礼の舞みたいに舞うから、なんか嫌な気分になって、みんな部屋の中に入ってしまった。

その後、その尼さんはすっかり慣れっこになって、人が見ていても構わず、いつもここ、中宮職事務所の庭を歩き回るようになっちゃった。やがて「常陸の介」っていう呼び名で呼ばれるようになってたわね。言ったのに全然洗濯しないみたいで、前と同じ煤けた衣を着ているから、せっかくの拝領物をどこへやってしまったのかと、みんな腹を立ててる。

しかし翌年十二月、定子は第一子・脩子内親王を出産しています。髪を切った後のこうしたことは世間からゴシップとして批判される種になったようですが、これは一条天皇の、定子への変わらぬ愛を物語っているともいえるでしょう。やがて定子は長保元年（九九九）、第一皇子の敦康親王を出産します。はじめての男皇子誕生に、長徳の変で落ち目になった家運を回復する好機到来と、定子の実家「中関白家」はにわかに沸き立ったのです。

帝にお仕えする女官、右近《うこん》の内侍が御前に参上した時、中宮さまは、

「こんな者に慣れ慣れしくさせる癖をつけてしまって……。いつも来るのですよ」

とおっしゃる。先日の歌舞の様子なんかを、小兵衛という女房に真似させてお聞かせになったら、右近、

「それは一度、見てみなければなりませんね。ぜひともお見せくださいませ。いえいえ、こちらのお得意さまですから、横取りなどは決していたしませんから」

なんて申し上げて、それはもう大笑いよ。


その後、「常陸の介」とは別の、これまたたいそう上品な感じの尼乞食がやってきた。これも呼んでいろいろ尋ねてみると、常陸の介と違って、いかにも恥ずかしそうにしている姿がなんとも哀れなのよ。前回と同じように衣をひとつやったら、それはもう喜んで伏し拝み、嬉し涙を流しながら帰って行った。その時、ちょうど常陸の介がやってきていて、この光景をじっと眺めてたっけ。で、その後来なくなったわね。……それで、みんな常陸の介のことなんか、すっかり忘れちゃったのよ。

さて、その年の十二月の十日過ぎの頃だったかしら。大雪が降って、すごく積もったの。女官たちは面白がって、縁側に雪を積み上げて、小さな雪山をたくさん作って

平安時代の雪

大雪が降って、あちこちで雪の山が作られました。楽しそうに描かれる光景ですが、この時代の都の人にとって、ここまでの積雪は珍しかったのかもしれません。

というのも、平安中期は現在よりも温暖だったから。暖かいがゆえに降ってもぼた雪であったと思われ、平安時代の文献には、雪の結晶についての言及が皆無なのです。寒ければ結晶は肉眼でも十分確認できます。あの美しい結晶の形を見たら、清少納言ならば必ず着目して言及しているはずですよね。

並べていたんだけど、「どうせだったら、お庭に本物の雪山を作ろうじゃない」ということになって、滝口の侍を呼んだのね。

「中宮さまのお言いつけです」

と申しつけたら、侍たちが大勢集まって来て雪山を作りはじめたの。主殿司《とのもづかさ》のお掃除当番の者もみんな集まって来て総がかりで作ったから、それはもう、ものすごく高い雪山が完成したのよ。中宮職の事務職員もやってきて、なんだかんだ言いながらこの雪山構築を面白がってる。


主殿司は最初、掃除当番の三、四人くらいだったけど、いつの間にか二十人くらい集まって来てたわね。滝口の侍は家に戻ってた者なんかも呼び出して、

「今日の雪山構築に参加する者には、三日間の特別休暇を与える。参加しない者は、逆に三日間の有給休暇没収処分とする」

なんて言ったもんだから、遠くに住んでるのは無理だけど、近所でその話を聞いた侍は、そりゃもう大慌てで出勤してきたわよ。雪山が完成した後、中宮職の担当者を呼んで、参加者各自にご褒美として、絹の反物二束を縁側にドサッと投げ出したわ。みんなひとつずつ頂戴して深くお辞儀をして、拝領の反物を腰に差して全員退出していった。本当なら束帯《そくたい》を着てこなければいけない身分の者も、みんな普段着の狩衣《かりぎぬ》の

主殿司（とのもづかさ）

『枕草子』には主殿司がよく登場します。宮中の清掃や灯油・薪炭の補給などを行った庶務係です。四七段では「主殿司こそ女子最高の職場」とまで評価されています。令制では後宮にも「殿司」がありましたが、平安中期には宮内省の「主殿司」に吸収され、そこから女官が派遣されるようになってしまいます。

そのため同じ「主殿司」でも、殿上で働く女官を指す場合と、力のいる作業をする男性官人を指す場合の両方があり、ここで雪山を作る主殿司は後者でしょう。

まま来てたっけ（いかに慌てて集まったかってことよ）。

　中宮さまが、

「この雪山、いつまであると思う？」

と女房たちにお尋ねになると、みんな
「十日後まではございましょう」

「いえいえ、十日以上は残っておりますわ」

なんて、だいたい十日前後ぐらいのところを言ってたわね。

「少納言はどう？」

とお聞きになるので、私は、

「そうですね、お正月の十五日ぐらいまで残っているかと思います」

と申し上げたけど、中宮さまは「さすがにそれは無理」とお思いのご様子だったわね。

女房たちはみんな、

「年内……大晦日まででも無理でしょう」

って口々に言うから、私も内心（やばい。少し長く言いすぎちゃったナ。確かにそんなに長くもたないかもね。一月一日まで、くらいに言っとけば良かったなぁ）なんて思ったけど、まあいいや。無理かもしれないけど、いったん口にしたことだから引っ

白山（はくさん）

『古今和歌集』に「君をのみ思ひこし路の白山はいつかは雪の消ゆる時ある」（宗岳大頼）が載り、『狭衣物語』の雪山づくりの場面にも「『越の白山にこそあめれ』など言ふめり」などとあるように、平安時代には「雪といえば白山」というイメージがあったようです。清少納言が雪の溶けないことを祈るのも無理のないことですね。石川県・岐阜県にまたがる白山は、奈良時代の養老元年（七一七）に泰澄上人が開山して以来、現在に至るまで霊山として信仰を集めています。

込めるわけにはいかないわ。女に二言無しよ。……とまぁ、強がってみたわけ。

十二月の二十日頃に雨が降ったけど、それで雪が消えそうな様子はない。……でも少し雪山の高さが低くなったみたいよ。う〜。

「白山《はくさん》の観音さま、どうかこの雪を消さないでくださいませ」

って心の底から祈ったりして、まぁ我ながらアホみたいな話よ。

さて、その雪山を作った日、式部丞《しきぶのじょう》・忠隆が帝のお使いで来ていたので、「褥《じょく》」っていう敷物を出しながら世間話なんかしてたら、

「今日はあっちこっち、雪山を作らないところはなかったみたいですよ。清涼殿の御庭にも帝がお作らせになりましたし、春宮や弘徽殿《こきでん》、それから京極殿でも作っておいででした」

って言うので、

ここにのみ　めづらしと見る雪の山
　ところどころに　ふりにけるかな

（ここだけと思って珍しがっていた雪の山でしたが、あっちこっちに降ってたのですね。降ると古を掛けて、珍しくなくなったという意味の歌ね）

帝のお使い

帝のお使いとして蔵人式部丞の源忠隆が登場。この人物は二八段（29ページ）に品のないオジサンとして登場する「式部の大夫」なのでしょうか。忠隆はたしかに五位に昇叙して「大夫」になっていますのでもしかして……。帝からのお使いとしては、まもなく内侍の右近もやってきます。どのような内容のお使いであったかは不明ですが、この後急に中宮・定子が清涼殿に入ることになることを考え合わせると、そのための説得や調整であったのかもしれません。

と詠んで、そばにいた女房に伝言させたの。そしたら、忠隆は度々うなずいて、

「変にお返しの歌など詠んで、せっかくのお歌を汚してもいけませんから、清涼殿の御簾の前から中の女房がたにご披露いたしましょう」

って言うと、席を立って行ってしまったのよ。

この忠隆、歌がすごく好きだって聞いてたので、あれ、おかしいな？　って思ったけど、中宮さまはこのことをお聞きになって、

「素晴らしく上手に詠もうと思ったのでしょう」

とおっしゃってたわ。

大晦日が近くなった頃、雪山は少し低くなったような気がするけれど、まだずいぶんと高いからひと安心よ。昼頃に縁側に出てみんなと雪山を眺めていると、あの尼乞食の「常陸の介」が出てきたじゃないの。

「どうしてたの？　ずいぶん長い間、来なかったじゃないの」

って聞いたら、

「何をおっしゃいます。心に引っかかることがございましたので」

と答えるの。

「何のことよ」

雪あそび

平安時代に大雪が降ると、雪を丸めて雪だるまを作る「雪まろばし」や、雪山づくりを楽しんだようで、『狭衣物語』『栄花物語』『夜の寝覚め』など、たくさんの文学作品に登場します。特に『源氏物語』（朝顔）では、雪の玉が重くて動かせず、楽しそうにキャーキャー騒ぐ少女たちが描かれていますし、雪山づくりを「中宮に雪山を作るのは世間にありふれたこと」と表現しています。これは『枕草子』に影響されたのかもしれません。

と尋ねてみたら、

「いえ、こう思ったのでございますよ」

と、声を長く引いて歌を詠んだ。

うらやまし　足もひかれずわたつ海の
いかなる人に　もの賜ふらむ
（羨ましくて足も向きませんでした。あの尼（海女）さんに、どうしてあんなにも素敵なものをくださったのでしょう）

なんていう恨み節よ。みんな苦笑いするばかりで相手にしなかったら、常陸の介は勝手に雪山へ登ったり、あっちこっち歩き回ってどっかに行っちゃった。右近の内侍に、その時の様子を伝えさせたら、

「どうして誰か付き添わせて、清涼殿に来させてくださらなかったのですか。誰にも相手にされないで、一人雪の山に登っていたなんて、可哀想じゃないですか」

って言ってきたので、みんなまたそれで大笑い。

さて雪の山。結局そのままの状態で年を越したわ。一月一日の朝、雪がたくさん降ったので、

「まぁ嬉しい。これでまた高さが稼げるわね」

って見てたら、中宮さまったら、

「今日の分はノーカウントですよ。前から積もっていた分を残して、新しく積もった雪はかき捨てなさい」

っておっしゃるの！（ひえ〜ん）。


翌朝早く、自分の部屋に下がっていたら、侍の班長が寒そうにぶるぶる震えながらやってきたの。柚子《ゆず》の葉みたいなダークグリーンの宿直着の袖の上に、松の枝を飾ってある青い紙を置いている。

「その手紙はどこからの？」

と聞いたら、

「斎院からでございます」

とのこと。これは重要な手紙だわと思って、すぐに受け取って中宮さまの御前に上がったのね。そしたら、まだおやすみになっておられるのよ。仕方ない、宮さまのベッド近くの御格子《みこうし》を開けることにして、碁盤を引きずってきてその上に乗って、一人で「ヨイショッ」ってかけ声をかけながら御格子を押し上げたんだけど、ひえ〜重いわ〜。

柚子の葉色

官人が着る袍の色は位階により色が決められていました。六位は「深緑」でしたが、平安中期になると七位以下と同じ「深縹」（ダークブルー）になってしまいます。その後になっても儀式によっては、六位の官人が古式の深緑袍を着ることもあり、その場合は「柚葉色」と呼ぶと記録にあります。この場面の「侍の長」の位階がもし六位であったならば、清少納言の時代には、まだ「深緑」が現役で六位の袍の当色として用いられていたことの証拠になるのです。

片方だけ上げるのでギシギシと音を立ててたら、中宮さまも驚いてお目ざめになって、

「少納言、あなた何をしているの」

とおっしゃる。

「斎院からお手紙が参りましたので、急いで中宮さまに差し上げなければならないと思いまして……」

と申し上げたら、

「本当にすごく早いですね」

と、お起きになられたわ。手紙をお開けになってみると、十五センチくらいの、縁起物の「卯槌」が二つ。卯杖の形にそって頭の方を紙で包み、山橘《やまたちばな》（ヤブコウジ）や、ヒカゲノカズラ、山菅《やますげ》（ヤブラン）なんかの縁起植物で飾ってあった。特に手紙はついてなかったわね。そんなわけはないと、よくご覧になってみると、卯槌の頭を包んだ小さい紙に、

山とよむ　斧の響きを尋ぬれば
　いはひの杖の　音にぞありける

（山にひびく斧の音を、一体何？　と尋ねたら、お祝いの卯杖の音でした）

卯槌（うづち）

賀茂の斎院から贈られた「卯槌」。正月最初の「卯」の日に、衛府から宮中に納められる縁起物の「卯杖」を短くしたものと考えられ、長さ三寸、幅一寸の直方体の桃の木に縦方向に穴をあけ、五色の糸を通します。中務省の「糸所」が作って納めました。それがこの時代には貴族の間での贈答品になっているようです。いずれにせよ発祥は古代中国、『王莽伝』に見える前漢の「正月剛卯」で、悪疫を払うために正月の卯日にこれを腰に下げる習慣からといわれます。

これにご返信をお書きになる中宮さまのご様子、これまたすごく素敵だったなぁ。斎王さまあてには、ご返信を出される時はもちろんだけど、中宮さまのほうからお手紙を出される時も、特に慎重に何度もお書き直しになるご配慮を欠かさないでおいでなの。手紙のお使いにはお駄賃として、白い織物の単《ひとえ》と蘇芳《すおう》色、つまり梅重ねの衣をお遣わしになったんだけど、雪の降りしきる中、お使いがその賜り物を肩に乗せて帰って行く姿は、なんとも風情があったなぁ。今回の御返歌の内容をお聞きしなかったのは、返す返すも残念。

（あれ？　そういえば雪山はどうなったっけ？）

さて雪の山はまるで本物の北陸の山みたいで、消える様子がない。もうすっかり黒く汚れて鑑賞価値はゼロだけど、私は「勝利は見えた！」っていう心境になって、なんとかして十五日までもたせてくださいって祈ったわ。でもみんな、

「七日までだって無理でしょうよ」

なんて、まだ言ってる。

「これは結果を見ないといられないわね」ってみんな思ってたんだけど、三日になっ

定子の内裏復帰

清少納言が雪山の様子に一喜一憂していた正月三日、事務所暮らしであった中宮・定子が、内裏の清涼殿に迎えられることになりました。宮中を追われるように退出してから約二年。さまざまな困難や批判もありましたが、ようやく実現した内裏復帰です。清少納言も心から喜んだことでしょう。また定子を深く愛する一条天皇にとっても再会は大いなる喜びだったはず。そしてこの年の十一月、二人の間には待望の第一皇子、敦康親王が誕生することになるのです。

て急に、中宮さまが内裏の清涼殿にお入りになることになったの（これはすごく有り難いお話なのよ。でも……）。なんとも残念。この雪山の行く末を見届けられないなんて……と心から思ったわ。ほかの人たちも「本当に心残りね～」って口々に言う。中宮さままでもそうおっしゃるんだから。なんとか雪山消滅の日を言い当ててご覧に入れたかったのに、そうもいかなくなっちゃった。

引っ越しで御調度品を運ぶドタバタ騒ぎにまぎれて、築地塀《ついじべい》のあたりに屋根をかけて住みついている「木守《こもり》」（庭番）を、縁側近くに呼び寄せ、

「この雪の山をしっかりと守りなさい。子どもたちが踏み荒らしたり壊したりしないように気をつけるのですよ。十五日まで守り抜いたら、中宮さまからたいそうなご褒美をくださるようにしてあげます」

って頼んで、いつも台所担当者が召使いにやるフルーツだのなんだの、たくさんやると木守、ニコニコして、

「お安い御用でございます、たしかに守り通しましょう。でも子どもたちは登りたがるでしょうなぁ」

って言う。

女官と女房

清少納言は中宮・定子の「女房」で、これは私的使用人、いわば非正規雇用社員です。それに対して右近たち「上の女房」は「女官」で、これは正規の国家公務員、キャリアウーマンでした。同じ職場で同じように語り合っていても、その立場の違いは歴然としたものがあります。社会的に活躍したいと願っていた清少納言は、女官になりたくて仕方がなかったようで、特に帝の女性秘書「内侍」への憧れと嫉妬のこもった記述は『枕草子』のあちこちで見ることができます。

「もし、いくら注意しても聞かないのがいたら、私に言いつけなさい」

って申しつけ、中宮さまのお供をして参内し、七日まで内裏にいてから自宅に戻った。その間、もう気が気じゃなかったから、内裏の下級女官やトイレ係、下仕えの頭なんかを絶えず見に行かせたわよ。七日の御節供のお下がり料理とかを木守に届けてやると、しきりに拝んでたっていう話を聞いて、みんなで笑いあったっけ。


自宅にいても気になっちゃって、夜が明けて明るくなるとすぐに見に行かせた。そして一月も十日になって、

「あと五日間くらいは大丈夫そうです」

という報告でひと安心。嬉しかったなぁ。そうして数日を過ごして、そう十四日の未明よ。大雨が降ってきた。

「あ〜これでもうダメだぁ〜。あと一日二日だったのにぃ〜」

って悔しくて、一晩中寝ないでグズグズ恨み言を言ってたら、みんなから「ここまでくると、もう狂気ね」って笑われちゃった。


明けて十四日の朝、人々が活動しはじめる時間になって、私も起きて召使いを起こさせた。何？　一向に起きないじゃない。こっちはメチャクチャ機嫌が悪いのよっ。

平安の敷物

雪が溶けて「円座（わろうだ）」くらいの大きさになってしまった、とあります。この円座とはイグサやカヤツスゲ、コモといったイネ科の植物を丸く編んで作った敷物です。『枕草子』にはさまざまな敷物が登場しますが、二三五段で「家にあってほしいもの」として、衝立障子や三尺几帳と並んで円座を挙げているほど、お気に入りだったようです。

このほかよく登場する敷物が「茵（しとね）」。これは四角い座布団のような形状のもので、畳の上に敷くことが一般的でした。

ようやく起きてきたので見に行かせると、

「円座《わろうだ》くらいの大きさで残っております。木守がしっかり守り続けておりまして、子どもを寄せつけておりません。『明日・明後日までは大丈夫でしょう。ご褒美たんまり頂戴しまっせ』と申しておりました」

って言うの。もう、嬉しくて嬉しくて。早く明日になればいいなぁ♪　歌を詠んで、何かに入れて中宮さまにお目にかけようっ……って思いながらも、不安で不安で。

……。


そしてついに運命の十五日。まだ暗いうちに起きて、召使いに漆塗りの箱を持たせ、

「この中に、雪の白いところをいれて持ってきなさい。汚いところはかき捨ててね」

と申しつけて雪山に行かせた。


……そうしたらどう？　すぐに持たせた箱をぶら下げて帰ってきたのよ。

「とっくになくなっていました」

っていう報告。……な、なんということ!?　どうしてっ!?

せっかく素晴らしく上手に詠んで、人に語り伝えさせようと思って苦労して作った歌も、今はもう水の泡よ……。

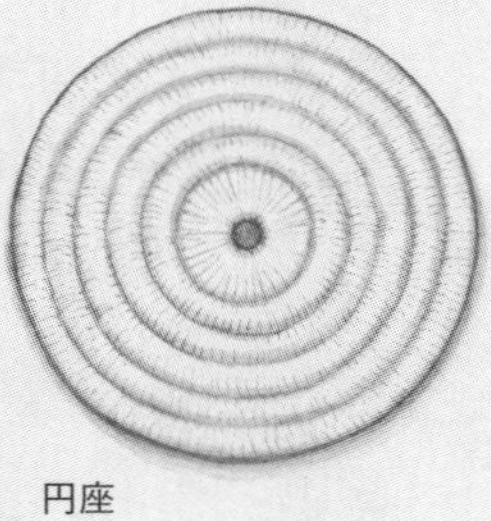
円座

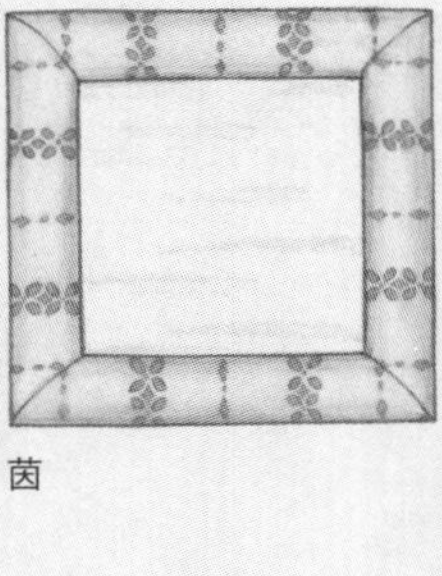
茵

「どうしてこんなことになったの？　昨日まで無事にあったたっていうのに、夜のうちに消えてしまったたっていうの？」

と、流石にがっかりして言うと、見に行った者は、

「木守が申しますには、『昨日、完全に暗くなるまでは確かにございました。ご褒美を頂戴できると思っておりましたものを……』と、手を打ちつけてさかんに悔しがっておりました」

って答える。もう、なんだかんだの繰り言よ。


そうこうしていると、内裏の中宮さまからご伝言があった。

「それで、雪は今日までありましたか」

っておっしゃるの。きーーっ。もう悔しくて悔しくてならないわ。


「皆さんは『年内がせいぜい。一月一日までには消えるでしょう』と申されておいでしたのに、昨夜十四日の夕方まで残っておりましたのは、これは実に大したことだと思います。今日まで残っていては、あまりにできすぎになりますので、人が意地悪をして、夜の間に雪をとり捨ててしまったのでございましょう」

と使いの者に申し上げさせたわ。

大内裏（だいだいり）

中宮・定子が現在いる「内裏」は、天皇の住居ゾーンです。内裏の外側の区画は「大内裏」と呼ばれる官庁街。今までいた中宮職事務所「職の御曹司」は内裏の東隣にありました。職の御曹司の東は左近衛府、その先には陽明門があり、ここを出ると大内裏の外の一般市街区になります。「木守」は官庁街に小屋を作って住んでいた路上生活者ということですね。定子が雪山の破壊を命じた侍は、清涼殿の滝口の武士。

壊した日付が原文では「四日」とあるのは、十四日の筆写間違いでしょう。

さて、一月の二十日に参内して中宮さまの御前に上がった時、もちろん、まずこのことを申し上げた。

「『身は投げつ』とか言って蓋だけ持ってきたお坊さん（『大般若経』の雪山童子の話ね）みたいに、箱だけ持って帰られた時は、もう本当にガッカリでございました。箱の蓋に雪で小山を造って、真っ白い紙に素敵な歌を書いて添えて、中宮さまに差し上げようっ♪……という、楽しい計画をしておりましたのに……」

と申し上げると中宮さま、たいそうお笑いになるの。すると御前の女房たちもどっと笑い出したわ。

中宮さまは、

「そこまで思い詰めていることをダメにしてしまったので、私は来世で罰を受けるかもしれませんね。……あのね少納言。実は十四日（原文は四日）の夕方に私が命じて侍たちを行かせて、雪を捨てさせたのです。あなたからの返事に、それを言い当てていたのは大変素晴らしいと思いましたよ。木守の妻女が出て来て、手をすり合わせて頼んだのですけれど、侍は

『これはご命令である。少納言どのには絶対に言うでないぞ。さもないと、お前たちの小屋を打ち壊すぞ』

と脅かして、雪を左近衛府の南の土塀のところに、全部捨ててしまったのですよ。報告では『大変固く、量もたくさんございました』ということでしたから、そのままならきっと二十日くらいまで残っていたことでしょう。今年の初雪がその上に降り重なったかもしれませんね。帝も今回のことをお聞きになって、『ずいぶんとまぁ、推測をめぐらす競争をしたものだね』と、殿上人たちに仰せになったそうですよ。

……それで、その素敵な歌というのを聞かせて。こうして私も素直に白状したのですから、少納言が勝ったも同じことですよ」

とおっしゃった。まわりの女房たちも、そうよそうよと言う。


……でもね、でもね。

「どうしてそんな悲しいお話を伺って、お聞かせできましょうか……」

と心から落胆して申し上げているところに、帝がおいでになって
「日頃から、少納言は本当に中宮お気に入りの女房なのだと思って見ていたが、今度のことで怪しくなってきたね」

なんて仰せになるので、私はもう悲しくって辛くって、泣きたいくらいだったわ。

「世の中というのは悲しく辛いことばかりでございますね。後から積もった雪を喜んでおりましたら、中宮さまは『それはノーカウント、かき捨てなさい』とおっしゃっ

飾り太刀

帝と中宮の仲むつまじい場面で雪山ばなしが終わると、次は「めでたきもの」です。素晴らしいものの代表として登場する「飾り太刀」。これは正式な宮中勤務服であった束帯装束の時に身につけるもので、金銀の飾りや宝石までつけた豪華な中国風の太刀でした。しかしあまりに豪華で高価なため、簡単に作ったり使ったりすることはできませんでした。そこで、簡略版の細太刀に平緒（ひらお）をつけて、飾り太刀の代用にすることが多かったようです。

たのでございますよ」

と帝におチクリ申し上げたら、

「中宮は、どうしても勝たせたくないと思われたのだろうね」

と、帝もお笑いあそばすんだから……。

第八八段 素晴らしいもの 「めでたきもの」

素晴らしいものといえば……。唐錦《からにしき》。飾り太刀《たち》。木彫りの仏像の木絵。紫色の色合いが濃くて房の長い藤の花が、松の枝にかかっている光景。

帝の秘書官「六位蔵人」も素晴らしいわ。すごいお坊ちゃまたちでも着ることのできない綾織物を、自由に着ることができるのよ。その上さらに、帝もお召しになる「青色」の袍を着た姿なんて、素晴らしいわぁ〜。

蔵人事務所の下働きの「雑色《ぞうしき》」や中級貴族の子どもなんかは、四位・五位の殿上人の下でこき使われて、どーでもいい扱いを受けているけど、それがひとたび蔵人になると、言いようもないほどの晴れがましい姿になるのよ。勅使として帝の命令書を持参したり、大臣の宴会「大饗《だいきょう》」では、甘栗を届けるお使いになるんだけど、その時に

蘇甘栗使
（そあまぐりのつかい）

　またまた六位蔵人の賞賛がはじまりました。五段（19ページ）にも書かれている、綾織の青色袍を褒め称えています。「大饗」で甘栗を届けるお使いとあるのは、正式には「蘇甘栗使」といい、正月の大臣主催の宴会に際して帝から、チーズのような乳製品である「蘇」と甘栗の差し入れがあり、それを届ける蔵人は青色袍を着用して大臣邸を訪問したのです。帝からの使者、しかもパーティーで使う貴重な料理を届けてくれるということで、当然、大歓迎されたのですね。

受ける待遇の素晴らしさ、丁重に扱われる様子は、まるで天から下った御方かと思われるばかり。

その家の姫君がお后《きさき》になっていらっしゃるとか、これから入内《じゅだい》する姫君などのところに、帝のお手紙を届けるお使いとして蔵人が来た時。女房がお手紙を受け取る時の丁重さ、蔵人に敷物を差し出す時の女房の袖口なんかにも、日常は見ることのできない待遇の良さが出るのよね～(特に美しい装束を選んで着て接遇するわけよ)。

脇の開いている「闕腋《けってき》の袍」を着てる武官で蔵人を兼ねてる人は、下襲《したがさね》の裾を長く後ろに引く姿だからさらに素敵♪　その家の主人の大臣なんかが、手ずから盃を差し出してもてなすなんて、ご当人の蔵人、どんな気持ちなんでしょうね。今までは席を同じくすることとなんか決してなかった大臣家の子息たちとも、そりゃぁ表面は遠慮して畏まってはいるけど、肩を並べて連れだって歩いたりしてるんですからね。

帝が日頃、蔵人を親しくお使いになる様子は、見てて妬ましくなるほどよ。帝が御文をお書きになるって言えば御硯の墨をすり、暑い時は団扇で帝をおあおぎするの。でも、そうした蔵人の任期、三～四年の間、ヨレヨレの色あせた服装で殿上人の中に混じっていたら、蔵人になった意味がないわね。

闕腋(けってき)と縫腋(ほうえき)

清少納言が六位蔵人にここまで執着するのは、雲の上の公卿とは異なり、六位ならば自分と同じような身分と考えてこその羨望だったのかもしれませんね。蔵人は専任よりもほかの官職との兼任者が多く、近衛府など武官兼任の者は脇が縫われていない「闕腋の袍」を着用しました。これは脚が大きく開き動きやすいものです。しかし裾が長くて実戦には不向き。当時の武官が戦闘要員でないことをよく表しています。対して文官は、脇を縫ってある「縫腋袍」を着用しました。

人事異動のシーズンになって、六位蔵人の役職を解かれる時が近づけば、命に替えてもこの役職に留まりたい、っていうくらいなもの。でも、臨時に行われる人事異動の時に、自分から異動を申請してこの職を下りる者もいるのよ。いかにももったいないなぁって思うわ。昔の蔵人は、秋の人事異動で殿上から去ることを悲しんで、その年の春や夏から泣いたもの。でも最近はまず出世の競争ってことかしらね。

学者・博士で才学豊かっていうのは、それがただ単純に素晴らしいっていうだけじゃないの。ブサイクだろうが官位が低かろうが、やんごとない身分の方々の御前に参上して、さまざまな御質問を受け、「御学問の師」としてお仕えするのは実に羨ましい立場で、素晴らしいことだと思うわ。神仏に奉る願文や公文書、詩歌の序文を作ってお誉めを賜るっていうのなんか、最高じゃない。お坊さんで学識あるっていうのも、言うまでもなく素晴らしいわね。

お后さまの昼の行啓《ぎょうけい》、摂政関白《せっしょうかんぱく》の外出行列、春日詣《かすがもうで》、素敵よ。薄赤紫の「葡萄染《えび》」の織物もいいわ。それから、広い庭に雪が深く降りつもった光景。花でも糸でも紙でも、なんでもかんでも紫色のものって素敵と思わない？　でも、紫色の花の中でもカ

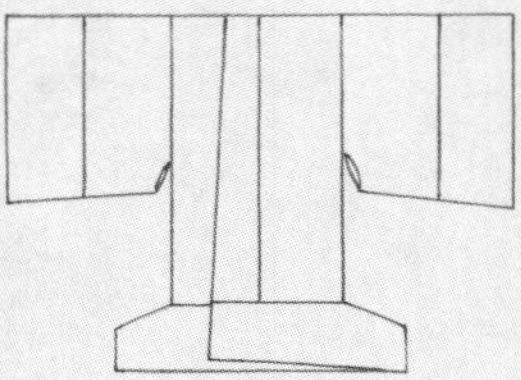
縫腋袍

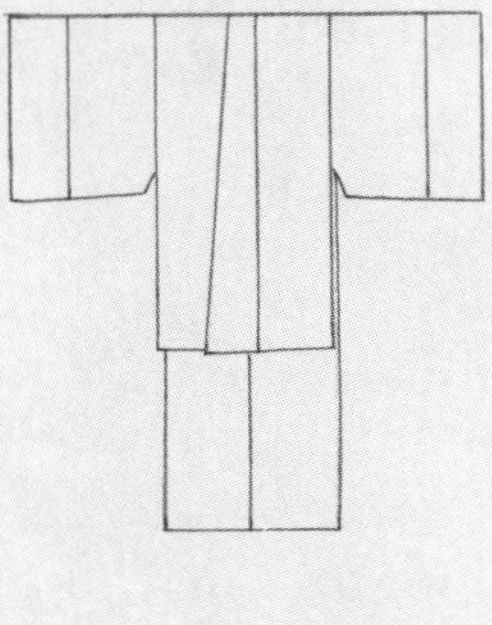
闕腋袍

キツバタだけは、ちょっとイマイチかな。六位蔵人の宿直姿が素敵なのも、紫色の指貫《さしぬき》袴のせいね。

第八九段 優美なもの 「なまめかしきもの」

優美なもの。スリムでイケメンな公達が直衣《のうし》を着た姿。儀式張った表袴《うえのはかま》をはかないで、脇の開いた「汗衫《かざみ》」だけ着た美少女が、卯槌や薬玉なんかの飾り物の糸を長く引いたのを持って、勾欄近くで檜扇《ひおうぎ》で顔を隠している姿。

薄い紙の冊子。緑色の簿紙に書いた手紙が結びつけてある新緑の柳の枝。三重がさねの檜扇。五重タイプは手元のところが厚くなりすぎてブサイクなのよね。

端午《たんご》の節供の時、いい感じに古びた檜皮葺《ひわだぶき》の屋根に長い菖蒲《しょうぶ》が美しく葺き渡してある様子。竹が青々としている御簾越しに、几帳《きちょう》の朽木形《くちきがた》文様がすごくハッキリ見えて、その几帳の紐が風にそよいでいる光景。すごく素敵。そして白くて細い組紐。

帽額（縁布）の文様が鮮やかな御簾の外の勾欄のところに、すごく可愛い猫ちゃん

汗衫（かざみ）

少女が着用する「汗衫」には「晴（ハレ）」と「褻（ケ）」の二種類あり、儀式で用いる「晴の汗衫」は細身の「闕腋（けってき）の袍」のような形で脇が開いており、後ろに長く裾を引きました。襟は留めずに開いて着用します。

興味深いことは、儀式では女子の長袴の上に男性が束帯で用いる表袴を重ねばきすることです。どことなく中性的な要素を感じさせる独特の装束ですが、清少納言はそうした特殊な着装法ではなく、普通に長袴の上に汗衫を着ただけの姿を好んだようですね。

がいる光景。白い札のついた赤い首輪、段だら染めのリード、柱に結びつける金具や組紐を長く引きずったまま歩く姿なんか、もう素敵に可愛いわ。

端午の節供の時、あっちこっちに菖蒲を配って回る女蔵人《にょくろうど》。菖蒲の髪飾り、色の地味な赤紐をつけて、唐風の領巾《ひれ》や裙帯《くんたい》なんかを身にまとって、立ち並ぶ親王・公卿たちに薬玉を差し上げる姿は、これはもう優美と言うしかないわ。それを受け取った公達が薬玉を腰に結びつけて、御礼の拝舞《はいぶ》をする姿も、これまた優美よ。

紫色の紙に書いた手紙を包んで、花房の長い藤の枝に結びつけたもの。神事の時、白と緑の小忌衣《おみごろも》姿の公達も、大変優美だと思うわ。

第九五段 「やっちゃった！」ってこと 「ねたきもの」

「あちゃ～やっちゃった！」的なものといえば……。こっちから出す手紙でも、もらった手紙の返事でも、書いて先方のお使いに渡した後になって、「あっ！ 一つ二つ文字を直したい」ところを思いついちゃった時。急ぎの縫いものをしてて、上手に縫えたな～と思い込んで針を引き抜いたら、なんと最後の玉結びをしてなかった時。

三重の檜扇

顔を隠すなどの目的で女子が持った檜扇は、五重タイプより三重タイプが良いとあります。この「一重」というのは、檜の角材を薄く八枚に割った（これを八橋と呼びます）単位で、三重はつまり二十四橋。そのくらいなら良いけれども、五重、つまり四十橋では手元が厚くなりすぎて持ちにくいし見栄えも良くない、というわけですね。平安貴族は縁起のよい奇数を好んだため、実際には一橋加えたり減らしたりして、三重なら二十五橋や二十三橋、五重なら四十一橋や三十九橋にしました。

そう、裏返しに縫っちゃった時も「あちゃ〜」よ。

　中宮さまが南の院にいらっしゃった頃のこと。「急なお仕立てのご用命が参りました。みんな集まって、すぐに縫い上げなさい」ということになったのね。そこで女房たち全員が南側の部屋に集まって、お服の片身ずつ受け取り、誰が一番早く縫い上げるか競争になったの。大勢の女房が部屋に散らばって縫い競う光景は、狂気じみてるほどだったわね。

「命婦《みょうぶ》のめのと」が一番早く仕上げて手を置いた……って言うんだけどね……。裄丈《ゆきたけ》の片身頃の裏表が逆だったり、糸の縫い止めもいい加減で、もう片方を縫った人が背中で合わせてみたら、これが全然つながんないのよ。みんなで大笑いして、

「はい、ちゃっちゃと縫い直し!」

と言っても命婦のめのとは、

「間違えたと知って自分で縫い直す人なんていないわ。綾地《あやじ》みたいに表裏がはっきりした生地なら自分で縫い直すでしょうけど、これは無紋の御衣よ。何を目印に直せばいいかなんてわからないわ。まだ縫ってない人に直させてちょうだい」

なんて、わけわからないこと言って聞かない。

朽木形（くちきがた）

80ページ「なまめかしきもの」に登場する朽木形文様（左図）は、几帳などの調度品に多用されましたが、文字どおり「朽ち果てた木」を表現したデザイン。一見すると汚ならしいようですが、自然そのものを何より愛した平安貴族らしい感性です。

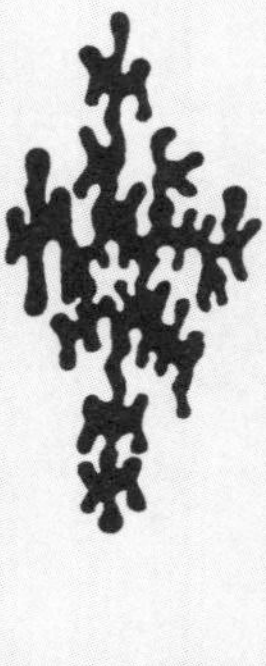

朽木形

源少納言の君たちなどが、

「……ったく、しょうがないわね」

って苦い顔をしながらその御衣を手元に寄せて縫い直しはじめたのを、命婦のめのとが他人事《ひとごと》みたいな顔して見物してたのが、なんとも面白い光景だったわ。

（思い出した。「あちゃ〜！」的なものの話だったわね）

野趣に富んだハギやススキなんかを植えて眺めているのに、長櫃《ながびつ》を持った者たちがドヤドヤとやってきて、鋤《すき》で掘り下げ掘り起こして抜き去ってしまうのは、あらら〜と思うわ。偉い人がここにいたら、そんな真似はしないくせに、私たちだけだと、いくら言っても「少しだけですから」と言い捨てて、持って行ってしまうのが、言いようもなく悲しいわね。

地方国司なんかの家に、政界実力者の下男がやってきてナメた口を利き、「どうだ悔しいか。どうせオレさまには手も足も出せんだろ」なんて言わんばかりの態度を見せられると、これはもう「あ〜あ（ひどいもんだ）」と思うわね。

女房名のつけ方

本名を名乗らない時代、男子は官職名、女子は「命婦のおもと」のような女房名を名乗りました。清少納言の「清」は清原氏の清ですが、「少納言」の由来は不明。紫式部は藤原氏なので「藤式部」と呼ばれたようですが、この「式部」は父・藤原為時が学者で式部丞を勤めたことによるという説が有力です。このように、多くは父親や兄弟の官職名にからめた女房名にしたのです。なお紫式部の「紫」は『源氏物語』（紫の物語）が有名になった後につけられたニックネームのようです。

それからそう。書いた手紙を見せたくない人に奪い取られて、庭に逃げられて読まれるのはツライものよ。追っかけたいけど御簾の外には出られないから、悔しいけど見てるだけ。いっそのこと飛び出して取り返してやろうかしらっ！　って思うわ。

第九六段　いたたまれなくなるもの　「かたはらいたきもの」

そばにいて、いたたまれない気分になること。上手に弾けない琴をろくに調律もしないまま、いい気になって弾いてるのを聞かされる時。お客さまが来て話をしてるのに、それに気付いていない奥の部屋の人たちが、ぶっちゃけ話を大声で話してる、それを止めることもできないで聞いている気持ち。

好きだなと思う人が、へべれけに酔っぱらって、同じことを何度も言っている姿を見る時。当の本人に聞こえているとも知らず、その人の噂話をしてしまった時。そういうのは偉い相手でなくても、たとえ召使いであってもいたたまれないものよね。

旅先なんかで、身分の低い者たちが馬鹿話で騒いでいるのが聞こえる時。それから、はっきり言って全然可愛くない子どもなのに、親が自分だけの気持ちであれこれ自慢

平安時代の飲酒

酒癖の悪さは百年の恋も冷ますといわれます。『延喜式』によれば、平安時代には「造酒司」という役所で各種の酒が製造されていました。絹布で漉していたようですから、現在のように透明な酒であったようです。ただし色は茶色味を帯びていて、甘味料としても用いられたほど糖度の高い「みりん」に近いものであったと推測されています。不純物も多かったでしょうから、悪酔いすることも多かったはずですが、大酒飲み競争などの記録もたくさん残っています。

して、いい気になって子どもの口まねして、「……こんな風に言うんですよぉ」なんて言うのを聞かされる時。

学識のある人の前で、そうじゃない人が知ったかぶりで歴史上の人物の名前なんかを語り出した時。上手とも思えない自作の歌を他人に聞かせて、「人が誉めてくれましてねぇ」なんて言うのを耳にするのは、まさに片腹痛いわね。

第九七段 あ〜あ、と思うもの 「あさましきもの」

「あ〜あ、やっちゃった」って思うもの。髪に挿す櫛を磨いている時に、物にぶつけて歯を折ってしまった時の気分。牛車がひっくりかえった時。だって、あんな大きな牛車は、広い道も狭く思えるほどゆったりしてるから、まさか簡単にひっくり返るとは思わないじゃない。それがまるで夢を見てるみたいに、あっさりゴロリンよ。「あ〜あ」ね。

本人に聞かれたら恥ずかしくて困ることを、包み隠さずご当人の前で話し出された時。必ず来てくれると信じてる人を一晩中寝ずに待ち、明け方近くになってちょっと

挿し櫛

髪に挿した櫛を落としてしまう話が『枕草子』には何度か登場します。儀式ではない場面での話ですから、この時代の女子は日常的に髪を上げて櫛を挿していたのでしょう。平安女子の髪型というと、ストレート超ロングを真ん中分けで素直に梳かしたイメージですが、清少納言の時代はそうではなく中国風に髪上げしていたわけですね。十年ほど後の紫式部の時代になると、髪上げは出産や配膳の係など、特殊なケースのみに変化しています。紫式部の時代は風俗の過渡期だったのです。

ウトウト。カラスの「カ〜」と鳴く声で目が覚めて見上げてみたら、もう昼になっていた、なんていうのは、「やっちゃった〜」の極致ね。

見せちゃいけない相手に、よそ宛ての手紙を見せちゃった時。身に覚えのない内容なのに、面と向かって反論させない勢いで怒鳴り込んで来るヤツ。ものをひっくり返してぶちまけちゃった時。「あ〜あ、やっちゃった」よ。

第九九段　ホトトギスの声を聞きに　「五月の御精進の程」

中宮さまが、まだ中宮職事務所にお住まいだった頃の話。五月の御精進《みそうじ》をされるということになって、壁に囲まれた塗籠《ぬりごめ》っていう部屋の前の、二間のところを中宮さまの御座所《ござしょ》にしたんだけど、それがいつもと違う雰囲気で面白かったな〜。でも五月一日から雨がちの曇り空が続いて、なんにもすることがなくて退屈なのよ。

「ホトトギスの声でも聞きに行きたいわね」

って言ったら、女房たち、我も我もと一緒に出かけることになったの。

「賀茂の社《やしろ》の奥に、ええっと、七夕《たなばた》に織姫が渡るカササギ橋じゃなくって、『なんと

御精進（みそうじ）

正月・五月・九月は「三長斎月（さんちょうさいがつ）」と呼ばれ、月の前半に鬼神が巡回して人々の悪行を四天王に報告するので、その期間は身を慎むべきと信じられていました。実際、旧暦の五月は梅雨時です。カビが生えて食中毒を起こしやすく体調を崩しがちな時期ですから、精進しなければなりませんでした。食事は精進料理となり、楽しい遊びなどもしてはいけないということで、女房たちは退屈だったのです。梅雨の晴れ間の五月晴れを狙ってのピクニックもしたくなるのでしょう。

かさき』っていう、難しそうな名前の橋があるんですって。そのあたりでホトトギスが鳴いているそうよ」

と誰かが言うと、

「それは蝉のヒグラシのことよ」

とか言う人もいる。まぁ、とにかくそこに行ってみようってことになって、五日の朝、中宮職の事務官に牛車の手配を頼んだわけ。普段なら建物近くまでは車は寄せられないんだけど、

「五月雨《さみだれ》で筵道《えんどう》が敷けないんだから大丈夫よ」

って、北の陣の前を通って建物の下まで車を寄せさせて、四人くらいで乗って出かけたの。

残った人は出かける私たちを見て羨ましがって、

「もう一台車を用意して、同行したいわ」

なんて言う女房たちもいたけど、中宮さまが、

「だめです」

ときっぱりおっしゃったので、私たちもその人たちを残したまま、つれない風情で出かけたの。

筵道（えんどう）

身分の高い人は直接に地面の上を歩くことを嫌い、長い筵を敷いて通り道にしました。これが「筵道」です。しかし雨が降っては筵道を敷けないので、牛車を建物の前まで着けさせたのです。本来は高位の者だけに許されることでしたが、清少納言たちはかなり強引な解釈で押し切っていますね。ちなみに牛車は四人乗りが一般的。後ろから乗り、牛を外して前から降りるのが原則でした。職場に公務専用の牛車があって、みんなで共有していたこともわかります。

馬場《ばば》というところまで行くと、人が大勢集まって騒いでる。

「何がどうしたの？」

と聞いたら、車のそばにいるお供の者が、

「武官が二人組で弓の練習をする『手つがいの競射』をしていますなぁ。しばらく見物なさいませ」

と言って、車を停めた。

「左近の中将や少将といった方々が、全員お揃いでございますよ」

って言うんだけど、どうもそれらしい姿が見えない。六位なんかの実戦部隊の兵隊さんがうろうろしてるだけだから、

「こんな無粋なのは見たくないわ。早く通過しちゃって」

と、ともかく前進、前進よ。賀茂社へ続くその道すじは、賀茂の祭りの頃を思い出させるもので、興味深いものだったわ。

そうやって牛車で進んだ先に、中宮さまのおじ上にあたる、高階明順朝臣《たかしなのあきのぶ》の家があった。

「ちょっと様子でも見ていかない？」

って、そこに車を寄せて下りてみたわ。その家は田舎風の地味な造りで、馬の絵を描

弓技大会「騎射」

五月の五日・六日、近衛舎人たちによる弓技大会「騎射」が行われます。現代につながる流鏑馬（やぶさめ）の原形で、本番は「真手結（まてつがい）」と呼びます。清少納言が見た予行練習は「荒手結」と称して、左近衛府は三日、右近衛府は四日に行いました。この時、装束は闕腋袍の尻裾を短く巻き上げる「押折」にしますが、こうした実戦的な服装が、荒々しいことを好まない女房たちのお気に召さなかったのでしょう。お目当ての近衛中将や少将は監督官なので、表に立たなかったのです。

いた障子、網代の屏風、三稜《みくり》っていう草で編んだ簾なんか使っちゃって、いい感じのレトロ感を出してるわけよ。家の建て方も小さめで、廊下みたいに縁側が近くて奥行きがない手狭なところが、かえって田舎暮らしっぽい風情で良かったわね。……ともかく、うるさいほどにホトトギスが鳴いてるのよ。

「あ〜、中宮さまにお聞かせしたかったわ。あんなにも一緒に来たいって言ってた人たちにも……」

って思ったものよ。

明順朝臣は、

「こういう田舎においでになったら、こういうのをご覧にならねば」

と言って、稲というものを取り出してきた。そして、ちょっとイイ感じの若い下男たちや、近所の家の娘たちなんか五、六人を連れてきて、脱穀の様子を見せてくれたの。それから、見たこともない糸繰り車を二人に引かせて民謡を歌わせる。ホントにもう珍しいものばっかりで、笑ったりしながら見てたら、ホトトギスの歌を詠むの忘れちゃったじゃない。

中国の絵で見るような「懸盤《かけばん》」っていう高級な食膳で料理を出してきたけど、誰も手をつけようともしない。それどころか見向きもしない。明順朝臣は、

高階明順

高階明順は、定子の母「儀同三司の母」こと高階貴子の兄弟です。藤原氏全盛の時代にマイナーな高階氏は日陰の存在でしたが、貴子が藤原道隆を婿としたことから運が開けます。明順は姪の定子が中宮になると中宮職の亮（次官）まで勤めました。

しかし後年、唐人・朱仁聡から定子が購入した「唐物」の代金未納問題が発生。中宮亮であった明順が訴えられてしまうことも。そのほかにも道長派との軋轢によるあれこれも多く、なかなかに波瀾万丈の人生だったようです。

「まことに粗末な田舎料理です。でも、こういうところに遊びに見える都会の方々は、いつも『もっと出せ』と、家の主人が逃げ出したくなるほど催促なさるものなのですがねぇ。皆さま方は都会人っぽくありませんぞ」

なんて盛んに勧めてくる。

「このワラビは、私がこの手で摘んできたものですよ」

とも言うけど、私が
「そんな、女官みたいに、居並んで食べるなんてできませんわ」

って答えたら、

「では懸盤から下ろして召し上がれ。いつもうつ伏せで召し上がっていらっしゃる皆さんですから」

と、なんやかや食事の面倒を見てくれる。そのうちにお供の者が「雨が降ってきました」って言うから、急いで車に乗ろうとした時、

「そうそう。ホトトギスの歌は、ここで詠んだほうがいいんじゃない？」

って、私言ったんだけど、みんな
「いいのいいの。途中でも詠めるから」

って、全員牛車に乗り込んじゃった。

懸盤（かけばん）と折敷（おしき）

清少納言たちに出された食膳は、漆塗りで丈の高い豪華な「懸盤」でした。清少納言は「そんな、女官みたいに……」と遠慮し、明順朝臣は「いつもうつ伏せで食べていらっしゃるから」と返しています。

宮中では、身分の高低がそのまま食膳の高さに表れていました。最高が「懸盤」、やや低いのは「衝重（ついがさね）」（いわゆる三方）、最低が脚のない「折敷」。懸盤で食べる女官と、床にかがんで折敷を使う女房との差が、こうして如実に表れてしまうのです。

牛車で帰る道すがら、卯の花がいっぱい咲いた枝を折り取って、車の簾や側面なんかに挿して飾ったんだけど、挿しきれないくらいいっぱいあるの。車の屋根や棟木《むなぎ》にも、長い枝を葺いたように挿したもんだから、まるで卯の花の垣根を牛が引っ張ってるみたいになっちゃった。お供の男たちも面白がって大笑いしながら、

「ここにまだ挿せるね。ここにも挿せるよ」

なんて互いに言いながら枝を挿して飾ってたわ。

この車のデコ具合を見てくれる人に出会わないかなぁって思ってたんだけど、時々、どうでもいいお坊さんとか、話にならない一般人とかがチラッと見るだけなのよ。なんとも残念。もう大内裏近くまで帰って来ちゃったけど、

「このままじゃ終われないわよね。この車の姿を誰かに見せて、話題にしてもらわなきゃ」

っていうことになって、故藤原為光《ためみつ》さまのお屋敷、一条殿の近くに車を停めたの。

「侍従（藤原公信《きみのぶ》）殿はいらっしゃいますか？　私たち、ホトトギスの声を聞いて、今帰るところでございますの」

って使いの者に伝言させると戻ってきて、

「『すぐに行くから、ちょっとお待ちよ、マイハニー』とのことでございます。侍所でだらしないお姿でしたが、急いで指貫《さしぬき》袴をはいておいでてでございました」

懸盤

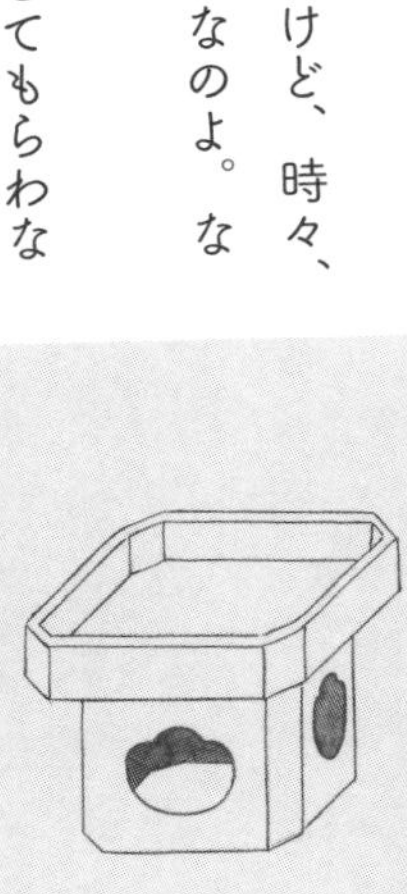
衝重

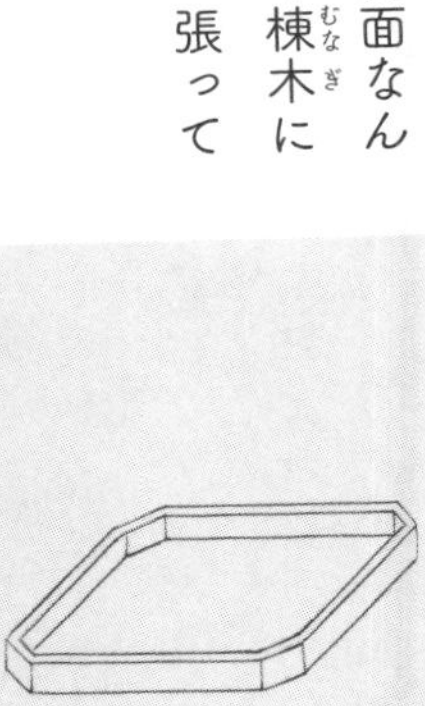
折敷

とのこと。なに、わざわざ待つほどの相手じゃないわ。そのまま牛車を走らせて、大内裏の上東門《じょうとうもん》、土御門《つちみかど》のほうへ向かわせたのよ。

ところがよ。いつの間に装束を整えたのか、侍従殿（公信）が帯を結びながら走ってきて

「しばらく、しばらく!!」

って叫びながら追っかけてくるじゃない。お供の者は三、四人。何もはかずに裸足で走ってくるみたい。私は「もっとスピードを出して」って車を急がせて、土御門に到着した時、侍従殿は、ゼエゼエと息をきらしながら追いついてきた。そしてこの車の様子を見て大笑いするの。

「正気の人が乗っている車とは、到底思えませんね。まぁ、降りてご覧なさい」

って笑いっぱなしなのよ。お供の者たちも一緒になって面白そうに笑ってる。

「ところで、ホトトギスの歌ってどういうのです？　それ聞きたいな」

って言うので、

「これから中宮さまにお目にかけますので、その後で」

なんて言ってるうちに、雨が本降りになってきた。侍従殿はびっしょり濡れて

「なんでほかの門のような屋根が、この土御門の門にはない設計なんだろう。今日は

冠と烏帽子

清少納言たちに、びしょ濡れのまま「内裏に入れば」と言われた侍従殿、「烏帽子では入れません」と答えます。平安の男子は人と会う時は必ず頭に何かをかぶっていました。日常では、丈は高いけれど柔らかく軽い「烏帽子」をかぶりました。しかし烏帽子はカジュアルなものなので、内裏に入る場合は必ず正式な「冠」でなければならなかったのです。

当時の冠は「聖徳太子像」に見るような柔らかいタイプだったようで、雨に濡れるとひしゃげてしまう、と一二二段に記述があり

本当に腹立つな」

なんて言うの。

「このまま帰るのもなぁ……。こっちに来る時は、ただもう追いつこうと、人目も構わず走って来たけど、このまま奥へ入られてしまったら、実にナンセンスな行動だったってことになってしまうよな」

って言うから、私は
「では、ご一緒に内裏に参りましょう」

と答えたの。

「烏帽子《えぼし》姿じゃ内裏には入れませんよ」

「なら、冠を取りにおやりになればよろしいでしょ」

なんて言い合ってるうちに、土砂降りになってきた。こちらの車のお供の者たちは笠を持ってないから、車をどんどん中に入れてしまう。侍従殿は、一条殿から傘を持ってきたのをささせて、後ろを振り返り振り返りしつつ、来た時と違ってゆっくりと、疲れ切った様子で、卯の花だけを手に持ってトボトボ帰って行った。その姿、実に笑えたわ。

(侍従殿が可哀想？　いいのいいの公信クンは)


ます。これが現在の神主さんの冠のように「巾子(こじ)」の高いしっかりとした形式になったのは、藤原道長全盛期、紫式部の時代以後のことのようです。道長はかなりアバウトで革新的な人物だったようで、装束の形式をはじめとした風俗習慣が、この時期に大きく変わっているのです。

なお、烏帽子も冠も髻に結びつけたり簪を挿して頭に留め、懸緒は用いません。文献に多く見られる「トラブルを起こして髻を切られる」罰を受けますと頭への固定が不可能、出勤できなくなるのです。

中宮さまの御前に参上すると、今日の様子をお尋ねになる。置いてきぼりになったことを恨んでる人たちは、悔しがったり悲しがったりしてたけど、侍従殿が一条大路を走って来た有様を話したら、みんな大笑いよ。

「……で、ホトトギスの歌はどうなのです？」

と中宮さまがお聞きになるので、これこれしかじかで……と申し上げたのね。でも中宮さまは、

「残念なこと。殿上人たちも尋ねることでしょう。風雅な心がなくてどうするのです？　ホトトギスの声を聞いたところで、すぐに詠んでしまえば良かったのですよ。あまり儀式張って堅苦しく考えたのがおかしいの。今ここでいいからお詠みなさい。……なんとも情けない話ですね」

なんておっしゃるの。確かに仰せのとおりだからツライわ。……で、歌を作ろうとみんなで相談し合ってるところに、（タイミング良く？　悪く？）侍従殿が、さっきの卯の花の枝に、卯の花重ねの薄紙をつけてホトトギスの歌を贈ってきたの。歌の内容？　そんなの覚えてないわよ。

まずこの歌に返歌をしようと、局に硯を取りに行かせようとかしてると、中宮さまが、

「いいから、これを使って、すぐにお詠みなさい」

卯の花とホトトギス

卯の花とホトトギスの組み合わせを楽しむ歴史は古く、『万葉集』にも「ほととぎす　来鳴き響もす　卯の花の　共にや来しと　問はましものを」「五月山卯の花月夜　ほととぎす　聞けども飽かず　また鳴かぬかも」など、十七首もあります。

緑の葉と白い花の対比が爽やかなウツギの花（卯の花）と、良く通る高音の鳴き声が「特許許可局」と聞きなしされるホトトギス。旧暦四月、初夏の山里の風情を楽しむには最適な題材だったのでしょう。

って、御硯の蓋に紙を入れてくださったの。私が
「宰相の君、お書きくださいな」
って言うと、宰相の君は
「いえ、やはりあなたが」
と答える。そんな風に言い合っている間に、あたりが暗くなって雨が激しくなり、雷なんかも鳴り出した。もう何も手につかず、ともかく恐ろしくてたまんない。あわてて御格子をみんな閉めて回ってるうちに、歌のことなんかコロッと忘れちゃった。

雷はずいぶん長く鳴り続けてたわね。少し弱くなってきた頃にはもう、あたりはすっかり暗くなってた。さぁ今度こそ返歌を詠まなきゃ、って思って取り組みはじめたところに、殿上人や上達部《かんだちめ》（公卿）たちが、雷の御見舞に来たのよ。西側の部屋で挨拶なんかしてたら、また取り紛れちゃった。他の女房たちは、
「歌を贈られた本人が返歌を詠むべきよ」
って、一緒に考えるのやめちゃうし。

どうにも今日という日は歌に縁のない日らしいわね、と気落ちして、
「もう、今日の外出の目的は、誰にも言わないことにします」

雷鳴の陣

宮中の人々は雷を非常に怖がり、雷鳴がとどろくと近衛大将は「雷鳴の陣」と呼ばれる非常警戒態勢をとりました。清少納言の時代頃から次第に有名無実になっていたようですが、なぜそこまで雷を恐れ警戒したのでしょう。当時の平安京では内裏の殿舎は十分な高層建築でしたので、実際に落雷の危険があったからです。

しかしそれよりも、菅原道真の怨霊の仕業と噂された、延長八年（九三〇）の清涼殿落雷事故で多くの公卿が焼死した記憶がまだ鮮明だったからでしょう。

って笑うしかない。中宮さまは、

「今からでも、一緒に行った人たちとで詠めるでしょう。あなた、詠まないつもりでしょ?」

と、御不満なご様子。それが、とても面白かったわね。

「でも今はもう、興ざめになってしまいましたので……」

と申し上げたところ、

「何が興ざめなの? そんなことがあるものですか」

とおっしゃったけど、そのままでこの話は終わりになっちゃった。


二日ほど経った日のこと。当日のことをあれこれ話し出してると、宰相の君が、

「どうだった? 明順朝臣が自分で摘んだワラビとやらは」

なんて言うのを中宮さまがお聞きになって、

「思い出すのが、そんなことだなんて……」

ってお笑いになる。そして散らばってた紙に、
下蕨こそ　恋しかりけれ
とお書きになって、

「これに上の句をつけなさい」

平安時代の山菜

上賀茂あたりで田舎暮らしを楽しむ明順朝臣が手ずから摘んだと自慢するワラビ。この時代は山菜が豊富で、帝の食膳も賑わせました。『延喜式』(内膳)にはワラビ・ヨメナ・アザミ・セリ・フキ・イタドリほか、各種の山菜が春季の漬物の材料として挙げられています。

その中でもワラビは万人向けの美味とされたようで、多くの文献に見られます。特にこの段は五月の精進の時期のことを描いていますから、精進料理のご馳走としては最適の食材だったことでしょう。

とおっしゃったのも面白いわよね。

　ほととぎす　たづねて聞きし声よりも
と書いて差し上げたら、

「ずいぶんとまぁ、はっきり詠みましたね。こんなふうにしてホトトギスを詠むとは、どうしたことでしょう」

とお笑いになるの。恥ずかしかったけど、

「どうでしょう。私はもう、歌は詠まないと決めたのでございます。何かの折に誰かが歌を詠んだ時、私にも詠めと中宮さまがおっしゃいますならば、とてもお仕えできないように思えます。それは私だって歌の文字数を知らないことはございませんし、春に冬の歌を詠んだり、秋に梅や桜の歌を詠むなんてことはございませんでしょう。でも、一応名の知られた歌人の子孫としましては、少しは他人よりも歌が上手で、『あの時のあの歌は良かったね。さすが大歌人の子は違うな』なんて言われてこそ、詠み甲斐《がい》もあることでしょう。

　しかし、私のように歌のセンスがゼロの人間が、我こそはと得意気に、歌らしきものを最初に詠み出すなどということをしては、歌人として人に知られた今は故き父が気の毒に思えてしまうのでございます」

と、マジになって申し上げると、中宮さまはお笑いになって、

歌人の家系・清原氏

　清少納言は清原氏の出身です。清原氏は古代に天武天皇など皇室から臣籍降下した一族で、和歌文学において著名人を輩出しました。勅撰和歌集に四十一首も入集している清原深養父、そしてその孫の清原元輔は「三十六歌仙」に選ばれるほど歌人として有名で、清少納言はその元輔の娘ですからこの遠慮も納得です。清原氏は由緒はありますが藤原氏全盛の世では日陰の存在。このことが、同じく末流貴族であった高階氏の血を引く中宮・定子への、深い親密感につながったのかもしれません。

「わかりました。思うとおりにしなさい。私から詠めとは言いませんよ」

とおっしゃったので、

「それを伺って、大変気が楽になりました。もうこれからは、歌のことなど考えませんなんて言っているうちに、ある夜、内大臣の伊周《これちか》さまが大規模な「庚申待《こうしんま》ち」を開催されたのよ。

夜も更けた頃になって、伊周さまが出題して女房たちに歌を詠ませたの。そりゃもうみんな気張って、一番いい歌を詠もうと悪戦苦闘。でも私一人、中宮さまのお側近くでほかの話題で話をしてたのね。それを伊周さまがご覧になって、

「おや少納言。なんでまた、歌も詠まずにそんなところに離れて座っているんだい。さぁ、題に従って詠みなさい」

とおっしゃる。

「中宮さまのお許しを得まして、私は歌を詠まなくても良いことになっておりますのですよ。今はもう、歌など思いもかけないことでございますわ」

「なんだいそれは。……中宮さま、それは本当のことでしょうか。何故またそのようなお許しをなさいましたか。大変いけないことと存じます。……よし、少納言。ほかの時はともかく、今宵は詠め」

庚申（こうしん）
中国の道教では、人の身体の中にいる「三尸虫（さんしのむし）」が常に人間の行動を監視し、六十日に一度回ってくる「庚申」の夜に天に昇って、その人の罪科を天帝に告げるとされました。その結果で地獄に落ちることもあるというのですから恐ろしい話。眠らなければ三尸虫が体外に出ないとして、一晩中、眠らないようにしたのです。とはいえ、ただ起きているだけなのはつらいもの。宴会をしたり和歌を詠むなどをして時間をつぶし、眠気を追い払いました。お話し上手が人気者であったようです。

なんて、伊周さまはあくまでお責めになるけど、私はキッパリ、お断りしたわ。

そのうちほかの人たちがみんな歌を詠み出して、その良し悪しなんかを決めたりしてると、中宮さまが、チョチョイと御文をお書きになって、私に投げて寄こされた。開けてみると、

「元輔が　後と言はるる君しもや
　今宵の歌に　はづれてはをる

（有名な歌人、元輔の子と言われた少納言が、なんでまた今宵の歌に外れているの？）」

と書かれていた。これは愉快痛快たぐいなしだわ。私があんまり笑ってるので、伊周さまは

「何事だい。どうしたって言うんだい？」

とお聞きになる。私は、

「その人の　後と言はれぬ身なりせば
　今宵の歌を　まづぞ詠ままし

（有名な歌人の子と言われない私であったなら、今宵まっ先に詠み出していたことでしょうに）

藤原伊周

中宮・定子の三歳上の兄である伊周は、父・道隆の強い引きにより、若くして内大臣にまで昇進しました。清少納言に褒められる美丈夫ではあったものの、大変な肥満体であったようで、『大鏡』には内裏の狭い通路で人に挟まれ動けなくなった逸話も記されています。また『栄花物語』では長徳の変で検非違使に逮捕された時、母や妹の手を握って泣きじゃくる姿も描かれています。上品で教養はあったものの、どうやら典型的なお坊ちゃん気質だったようですね。

家庭の事情さえなければ、こちらから千首だって詠んで差し上げますわ」

って申し上げたのよ。

（あ〜長い段だった。後半はホトトギス、関係なくなっちゃった。えへへ）

第一〇〇段 秋の月の心
「職におはします頃」


これもまた、中宮さまが中宮職事務所にお住まいだった頃の話ね。八月十日過ぎの月の明るい晩、右近の内侍に琵琶を弾かせて、中宮さまも縁近くに出ていらしたの。女房たちは、なんやかやと雑談したり笑ったりしてたけど、私一人、廂《ひさし》の柱に寄りかかって黙ってた。すると中宮さまが
「なぜ黙っているのです。何か話しなさいな、さびしいじゃない」

とおっしゃった。

「いえ、秋の月の心を見たいと思いまして」

ってお答えしたら、中宮さま、

「なるほど、そう来ましたか」

とおっしゃったわ。

（解説するとね、私が白居易《はくきょい》の『琵琶行《びわこう》』という詩の中の

中秋の名月
旧暦では七・八・九月が秋。八月の十五日はその真ん中にあたりますので、この夜の満月を「中秋の名月」と呼びました。旧暦（太陰太陽暦）では十五日は必ず満月なのです。

十五夜の月見は中国発祥で、日本最古の十五夜は延喜九年（九〇九）に宇多法皇が開催した月見の宴とされます。『新勅撰和歌集』には、この宴で源公忠が詠んだ「いにしへもあらじとぞ思ふ秋の夜の　月のためしはこよひなりけり」が載っています。この頃から連綿と中秋の月見は行われているのです。

曲終収撥当心画　四絃一声如裂帛
（女は撥を胸に当て四絃一声、布を裂くような声で曲を終え）
東船西舫悄無言　唯見江心秋月白
（周囲の船は静まって声もなく、ただ川に映る秋の白い月を見る）
という場面を気取って月を眺めていたのを、中宮さまがわかってくださった、ということなのよ）

第一〇一段　一番大切な人

「御方々、君達、上人など」

中宮さまの御前に、御妹君や御兄弟の公達・殿上人の皆さま方が大勢集まっておいでだった時のことよ。私が廂の柱に寄りかかって女房たちと雑談してたら、中宮さまが何かものを投げて寄こされたの。開けて見たら、
「少納言のことを、一番大切な者と思おうかどうしようか。もし一番じゃなかったらどうします？」
って書いてあった（ははーん、これは……）。

いつだったか、中宮さまの御前で話をするついでに、

白居易（はくきょい）

『枕草子』には白居易の漢詩作品にまつわる逸話が多く登場します。清少納言の作品だけでなく、後に藤原公任が編纂した『和漢朗詠集』にも白居易作品が百三十六首も載り、断トツです。

白居易の漢詩集『白氏文集』は当時の貴族にとって、必須の教養とされていました。白居易の詩は平易で、自然をおおらかに謳ったものは日本人の感性にも合って理解しやすく、詩の扱う対象が広範囲にわたっていて、ある意味で「唐文化早わかり」という側面もあったのです。

「どういう状況ででも、人から第一番に思われないならば意味がありませんわ。一番でないなら、いっそのこと憎まれ、悪く思われるほうがマシです。二番三番なんて死んでもイヤ。やっぱり一番でなくては」
なんて私が言ったら、女房たちが
「それは『一乗《いちじょう》の法』っていうやつね」
って笑ってた、その件についてのことなんでしょうね、たぶん。

中宮さまが筆と紙を渡してくださったので、中宮さまにお仕えするのは極楽も同じことと、

「九品蓮台《くほんれんだい》の中でございましたら、たとえ最下位でも」

なんて書いて差し上げると、

「ずいぶん卑屈なのね。そんなことではダメ。一度言ったことは貫き通すものですよ」

とおっしゃるの。

「それもこれも、相手によってでございます」

って申し上げると、

「それが良くないのです。第一に思う人に第一に思われようと思わなければ」

とおっしゃっていただいたのよ。素晴らしい思い出だわ〜。

一乗の法、九品蓮台

平安貴族にとって、仏教に関する知識も必須。西暦一〇五二年に到来すると信じられた末法の世が間近に迫り、極楽往生は当時を生きる人々にとっては切実な願いだったのです。

当たり前に語られている「一乗の法」とは、この世すべてを悟りに導き成仏させる唯一無二の経典『法華経』のことで、「最高のもの」を意味しました。「蓮台」は極楽浄土で座る蓮の台。生前の行いによって九種の別があるとされました。こういう知識は女房全員が共通して持っていたのです。

第一〇二段 珍しい扇の骨

「中納言まゐり給ひて」

中納言さま（中宮さまの弟君の隆家《たかいえ》卿）が中宮さまの御前に参られて、御扇を差し上げようというの。

「この隆家、素晴らしい扇の骨を手に入れましたよ。それに紙を張って中宮さまに献上したいと思うのですが、いい加減な紙を張るわけには参りませんので、方々で探し回っております」

ということなんだけど、中宮さまが

「どのような骨なのですか？」

とお尋ねになると、

「とにかく素晴らしいのです。人たちが皆、口を揃えて『今まで見たこともないような骨ですね』と言うのですよ。いやホント、これほどの品は、私も見たことがありませんね」

って、大声で答えるの。私が

「そんなに『見たこともない骨』とおっしゃるのなら、扇の、ではなく、クラゲの、でございましょう？」

って申し上げると、中納言さま、

藤原隆家

隆家はこの時、満十六歳ほどの若者。この歳で中納言であったのは、父・道隆の強引な引き上げによります。隆家は剛毅な性格であったようで、没落後に復帰して藤原道長の宴会に出た際、いささかの無礼な行為も許さなかったり、姉・定子の産んだ敦康親王を皇太子にしなかった一条天皇を「情けない人でなしだと申し上げたい」と面と向かって批判しています。この真っ直ぐさ、直情的な剛毅さが、まもなく花山法皇に矢を射る大事件を引き起こしてしまうのです。

「うまいこと言うね。そのギャグ、この隆家が言ったことにするよ」

って笑ってたわ。

こんな内容、「かたはら痛いもの」の段に入れるべきなんだけど、「ひと言も書き落とさないように」って読者が言うので、仕方なく書いとくわ。

第一〇三段 信経との言い争い 「雨のうちはへ降る頃」

雨が降り続いていた季節。その日も降ってたっけ。帝のお使いで式部の丞・信経《のぶつね》がやってきたの。いつものように毛氈《もうせん》の「褥《じょく》」（座布団のことね）を差し出すと、信経は褥をいつになく遠くに押しやって、床に直接座ったのよ。

「あの褥、どなたがお使いになるのですか」

って言ったら、笑って、

「こんな雨の日に敷いたら、足跡がついて汚れて、後始末が面倒でしょう」

と言うの。だから私、

「いえいえ。足跡がついても、それこそ『せんぞく』用になりますわ」

って答えた（つまり「洗足」と「氈褥《せんぞく》」を引っかけたシャレよ）。

そしたら信経、

刀伊（とい）の入寇と隆家

後年、藤原隆家は眼病治療のため、医学先進地であった太宰府に自ら志願して権帥（ごんのそち）として赴任しました。剛毅で正義を断行する隆家は現地の武士たちの圧倒的支持を得ます。

この時、大陸の女真族が九州北部を襲う「刀伊の入寇」と呼ばれる侵略事件が発生。隆家は総指揮官として武士の軍団を率いて見事に撃退します。しかも外交問題を避けるために、追撃戦では「追うのは国境までにせよ。国境を越えて高麗領に入ってはならぬ」との

「うまく洒落たと思っているのでしょうが、いいや違う。貴女がうまく言ったんじゃない。私が足跡のことを言わなければ、そうは言えなかったでしょうよ」

なんてクドクド言うのよ、おかしかったわ。だから私、言ったの。

「皇太后さまの御所に、『えぬたき』と呼ばれる有名な召使いがいたそうです。美濃守在任中に亡くなった藤原時柄《ときから》が蔵人だった頃、召使いたちのいるところに立ち寄って『これがかの有名な〈えぬたき〉か。別にそうは見えんが』と言ったところ、『えぬたき』は、『時柄（時と状況）によって、そう見えるのでございましょう』と答えたというのです（つまり名前の時柄と引っかけたシャレよ）。相手を選んでも、こうは上手く切り返せないと、殿上人や公卿たちが面白がったと聞き及びます。今日まで語り継がれているということは、本当のことなのでございましょう」

（私はね、言葉のキャッチボールを楽しむ面白さを伝えたかったのよ。それが信経には通じないの）

信経は、

「それもつまり、時柄がそう言わせたということじゃないですか。詩でも歌でも、すべて出題次第で良くなるものです」

って言い張るわけ。

「確かにそういうこともあるかもしれませんね。それならば出題いたしましょう。歌

素晴らしい判断を示しました。『大鏡』で「大和心かしこく御座する人」と最上級に評される、花も実もある平安貴族だったのです。

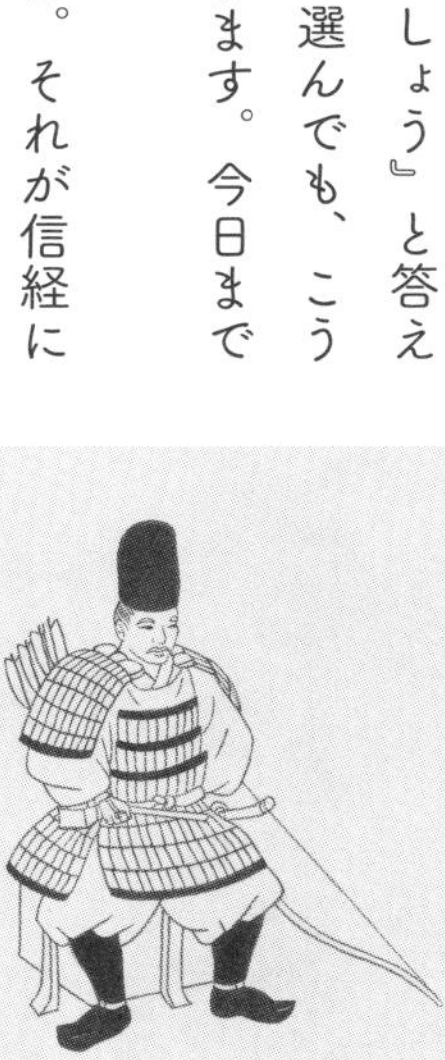

をお詠みくださいませ」

「それはいいですね」

「御前ですから、どうせならたくさん出題しましょう」

なんて言っているうちに、中宮さまの御返事ができてきたわ。すると信経、

「あな恐ろしや。いやさて逃げ出そう」

って言って、出てっちゃった。みんな、

「あの人、書は漢字も仮名も下手くそで、人から笑われるというので書かずに逃げたのね」

って言ってたのも面白いわ。


この信経が、宮中の備品を作る「作物所《つくもどころ》」の長官をしていた頃、誰のところに送ったんだったか、細工物の設計図を届けさせた時、

「こういうように作りなさい」

って書いた漢字の形が、この世の文字じゃないみたいなひどさ。それを見た人が、

「このまま作ったら、とんでもないものができるだろう」

と横に書き添えて殿上の間に回したら、みんなが見てたいそう笑ったそうよ。それを聞いた信経、怒り狂って憎んだ、っていう話。

作物所（つくもどころ）

式部丞・信経がからかわれています。「作物所」は天皇や中宮、皇太子の身近な品を作る工房です。こうしたことは本来、内蔵寮や内匠寮の任務でしたが、平安中期に蔵人の権限が増大した時に、蔵人が管轄する各種の「所」が令制の官署から職掌を奪っていったのです。

作物所は木工・鍛冶・冶師・彫物工・漆工・螺鈿工など各種の工人を多数抱え、天皇の近辺で使う御帳・台盤・銀器などの調度品から、卯槌などの季節の縁起物、各種の御神宝まで製作しました。

第一〇五段 梅の謎かけ 「殿上より、梅のみな散りたる枝を」

清涼殿の殿上の間から、花の散り果てた梅の枝と共に、

「これな〜んだ」

という謎かけが来たの。だから私、

「はやく落ちにけり」

ってだけ答えてやったのね。

そしたら殿上人たちが黒戸のところに大勢集まって、そのフレーズの元ネタの、紀長谷雄作とも大江維時作ともいわれる漢詩を、みんなで吟じてたわ。

大庾嶺之梅早落　誰問粉粧

（大庾嶺の梅の花は早くも落ちたので、化粧のような美しい花を誰が訪ねるものか）

匡廬山之杏未開　豈趁紅艶

（匡廬山の杏はまだ開花していないので、艶やかな紅を求めることもできない）

帝がそれをお聞きになって、

「ちょっと上手な和歌など詠むよりも、こういう答え方のほうがずっといいね。上手に答えたものだよ」

とおっしゃったとのことよ。

梅と桜

正月を彩る植物は梅でした。梅は日本には自生しておらず、奈良時代、天平の頃に中国から輸入された植物です。元号「令和」の由来にもなった大伴旅人の観梅の宴が開かれたことなど、唐文化を象徴するものともいえるでしょう。清少納言が梅の謎かけに対して漢詩がらみの返答をしたのは正解だったのです。時代が下るにつれて平安貴族は次第に桜を愛するようになり、「花」といえば桜を意味するように。紫宸殿前に橘と共に植えられていた梅は、九世紀前半の承和年間、桜に植え替えられます。

第一〇六段　花びらのような雪

「二月つごもり頃に」

二月の終わり、風がひどく吹く日のことだったわ。空が真っ黒になって雪がちらつきはじめた頃、清涼殿の黒戸に主殿司《とのもづかさ》がやってきて、

「申し上げます」

って言うから近寄ってみると、

「これは、公任《きんとう》の宰相殿からでございます」

って差し出したの。それは懐紙に

すこし春ある　心地こそすれ

と書いてあるだけ。確かに今日のお天気にピッタリだけど、さ〜て、これにどうやって上の句をつけようか、それが思案のしどころよ。

「その場には誰と誰がいたの？」

って聞いたら、誰それと答える、その名前は全員立派な方々なの。この宰相のお試しに、どうしてありきたりの答えで済まされるもんですか。もう悩みに悩むわ。

中宮さまにお目にかけて……と思うけど、帝がおいでになって、もうおやすみになってるの。主殿司は、「お早く、お早く」と急かす。時間がかかって歌も下手くそ

藤原公任

平安時代の詩歌スタンダードバイブルといえる『和漢朗詠集』を編纂した藤原公任は、詩歌に優れ管絃も巧み、有職故実書の金字塔のひとつ『北山抄』も著した当代一の文化人でした。政治的には道長派と見られる行動をたびたび見せています。この段に描かれる場面は、すでに道長派の政権が確定しつつあった時期です。ある意味清少納言とは政敵ですが、それでも仲良く交流する。こと文化文芸に関する分野では、敵味方と分けて考えないところが、公任が文化人たるゆえんでしょう。

ではダブルパンチ。拙速は巧遅に優る、えいままよと、
　空さむみ　花にまがへて散る雪に
と、震える手で書いて主殿司に渡したけど、さてどう思われるかと心配で心配で。結果を聞いてみたいけど、もし酷評だったら聞かないほうがいいと思うじゃない。
その後日談。その時に中将であった左兵衛督《さひょうえのかみ》のお話では、「俊賢《としかた》の宰相なんかはすっかり感心して、『清少納言を内侍にするよう、帝に奏上しよう』と、勝手に決めつけていましたよ」
ということだったわ。

第一〇七段　前途遼遠に思えるもの
「行く末はるかなるもの」

前途遼遠に思えるもの。半臂《はんぴ》の緒をひねりはじめる時（時間かかるのよ）。陸奥国へ行く人が、やっと逢坂の関を越えた時（目的地は遙か彼方ね）。生まれたばっかりの赤ん坊が、大人になるまで（これから健康に育て上げるのが大変なのよ〜）。そして、『大般若経《だいはんにゃきょう》』を一人で読みはじめる時（先は長いわよね）。

「清少納言を内侍に」……清少納言の心からの願いでしょうね。

生地の「ひねり」

前途遼遠なものに「半臂のひねり」があります。束帯の下、下襲の上に着る袖無しの衣「半臂」は、当時は薄物の「羅」で作られていて、裏地をつけません。裏地をつけない衣類は、端を縫わずにのりをつけて丸め、ねじって留めるのです。ほかにも、丸くねじってから糸でかがる方法もありますが、この文章からはそのどちらかはわかりません。しかし時間がかかり忍耐力が必要なのはどちらも同じです。

第一〇九段 見苦しいもの 「見苦しきもの」

見苦しいもの。着物の背縫いの線を片方に寄せて着てる人。首が前に出て衣の襟から離れてる「抜き衣紋《えもん》」で着てる人。子どもをおぶったまま偉い人の前に出てくる人。お坊さんや陰陽師が黒い三角形の「紙冠《かみかぶり》」を額につけてる姿。

色黒でブス、しかもカツラ愛用の女と、ヒゲぼうぼうで痩せこけた男が、夏の昼間にセックスしてるなんて、メチャクチャ見苦しいわぁ。一体どんな風に見られようと思ってんだか気が知れないわ（やるんなら夜にしなさいっていう話よ）。夜ならよく見えないし、どうせみんなやるんだから平気でしょ。私はブスだからと、夜に起きてる必要もないじゃないの。夜やって朝早く起きれば、不細工な姿を見せないで済むでしょうに。

だいたいね、夏の昼セックスっていうのはクセ者なの。特別なイケメンや美女ならまぁいいとして、並レベル以下の人だったら、顔が汗だくでギラギラ、腫れぼったくなったり、ひどい時は頬が歪んじゃったりするのよね。昼セックスして一緒に起きた時、互いに見た顔なんて、もう生きてるのがイヤになっちゃうわ。

カツラ愛用者

『枕草子』にはカツラ愛用の女子に関する話題がいくつか見られます。ストレートで長い豊かな黒髪が美人の象徴であったこの時代、髪が短い・薄い・縮れている・赤っぽいというのはマイナスポイントで、そういう人はカツラを使いました。清少納言自身もカツラ愛用者で、一六三段には長いカツラが茶色く変化するのは悲しいという話も。『源氏物語』（蓬生）では末摘花（すえつむはな）が、退任する女房に自分の長く美しい抜け毛を贈りますが、これはカツラの材料だったのでしょう。

それからそう、痩せてガリガリの色黒の人が、生絹《すずし》の単《ひとえ》を着たのもすっごく見苦しいわ（スケスケで体が丸見えだからね）。

第一一四段　淀の渡り　「卯月のつごもりがたに」

四月の終わり頃、長谷寺《はせでら》に詣でた時、「淀《よど》の渡り」っていうのを経験したの。舟に牛車を乗せてゆくのよ。菖蒲とか菰《こも》なんかの根っこの短そうなのが浮かんでたから、取らせてみた。するとこれがすっごく長い根だったわ。

菰を積み上げた舟が行き交う光景を見て、『古今六帖』の巻六にある「高瀬の淀に」っていう歌はこの場面を詠んだんだな～って思って、すごく感慨深かった。五月三日に帰ったけど、雨が少し降ったので、菖蒲を刈る童の、すごく小っちゃい笠《かさ》をかぶって脛《すね》を高く出してる姿が、屏風に描かれた絵に似てて、面白かったなぁ。

第一一六段　本物より絵が劣るもの　「絵にかきおとりするもの」

本物より絵のほうが劣るもの。撫子、菖蒲、桜。そして物語に美男美女として登場する男女の顔。

菖蒲の根合わせ

淀の渡りで川から拾った菖蒲の根が、案外と長かったことを喜んでいるようです。この「菖蒲」はアヤメではなくショウブのことでしょう。平安時代、ショウブの根の長さを競う「菖蒲の根合わせ」というゲームが盛んに行われていました。根の長さが命の長さにつながるという信仰にも関係していたようです。やや時代は下がりますが、『中右記』（中御門宗忠）に載る寛治七年（一〇九三）の菖蒲の根合わせでは、一丈七尺（五メートル以上）もあって勝利したと記されています。

第一一七段　本物より絵がいいもの　「かきまさりするもの」

本物より絵に描いたほうが素敵なもの。松の木、秋の野原、山里、山路。

第一二一段　気に食わないもの　「いみじう心づきなきもの」

すっごく気に食わないもの。祭とか御禊《ごけい》とか、どんなイベントの時でも、自分一人で車に乗って見物してる男。まったく何考えてるんだか。どんなお偉いさんか知らないけど、見たいっていう若い人を一緒に乗せて見せてあげればいいじゃないの。それなのに、簾に見えるシルエットがただ一人で偉そうにユラユラ見えるのよ。その車の中を一人で占領して得意がってるわけ？　なんて心の狭い男なんでしょ。腹が立って仕方がないわよ。

どこかに遊びに行こうとか、お寺参りに行こうって日に降る雨も大嫌い。それから、召使いなんかが、

「私のことは大事にしてくれないで、誰そればっかりご贔屓《ひいき》の『時の人』よ」

なんていうのをチラッと聞いた時もイヤな感じね。日頃からなんとなくイヤなヤツと

牛車の乗り方

牛車は四人乗車が基準でした。身分による席順は、鎌倉時代の『門室有職抄』に、上位者から前右・前左・後左・後右の順と記されています。牛車には後ろから乗り込むので、つまり偉い人ほど先に乗るということです。降りる時は牛を外して前から降りるので、やはり偉い人が先に降りることになります。

源平時代の木曽義仲は後ろから降りて笑われてしまったそうです。標準は四人乗りですが、こぼれんばかりに乗り込んだという記述が三一段（34ページ）にあります。

思ってる人が根拠もなく恨んできたり、インテリぶってるのも気に入らないわ。

第一二四段　男って油断ならないわよね　「はづかしきもの」

こっちのほうが恥ずかしくなっちゃうもの。スケベ男が考えてる内容。妙に目ざとい夜勤の坊さん。それからね、夜、泥棒が物陰に潜んでいたら誰も気がつかないでしょ。そこへ夜陰に紛れてこっそり他人のものを懐に入れちゃう人が出てくると、隠れてる泥棒、「俺みたいなヤツがいたもんだ」っておかしく思うでしょうよ。

夜勤のお坊さんっていうのは、ともかく気恥ずかしい存在なのよね。夜に若い女房たちが集まって、人の噂話をして笑ったり悪口を言ったりするのを、隣の部屋でじっと聞き耳立ててるんだから。

「あら、いやだ。うるさいですよ！」

って、上役の女房がマジで叱っても若い子はどこ吹く風よ。平気で悪口でもなんでも大声で話して、その後だらしなく寝ちゃう。寝言まで聞かれちゃったら……あ〜恥ずかしいわ。

夜居（よい）の僧

宮中では「護持僧（ごじそう）」（夜居の僧）と呼ばれる僧侶が、夜を徹して加持祈祷をしました。もちろん帝の健康長寿を祈るためですが、夜間にいる僧は秘事を耳にすることも多く、それを人に話すこともある厄介な存在でもあったようです。『源氏物語』（薄雲）では夜居の僧が、冷泉帝に出生の秘密を話して苦しめることになります。それを書いた紫式部も、夜居の僧とはそういう存在だという認識だったわけです。それでもなんでも話してしまうのは若い女子ならでは。

まぁ、男ってもんは油断がならないものなのよね〜。口説《くど》く相手がイマイチ気に入らなかったり、ストライクゾーンから外れてても、会えばうまいこと言って女をその気にさせちゃうんだから恐いもんよ。まして女心がよくわかってて、「あの人いい人よ」っていわれてる男は、「心から愛してる」っぽく見せるのが、とにかく上手なの。

自分の心の中を女に知らせないだけじゃないのよ。A子の前ではB子のことを悪く言い、B子の前ではA子のことをけなす。それが常套《じょうとう》手段なのね。それなのにダメ女子は、自分も同じように悪口を言われてるだろうっていう、想像力を働かせないの。「ああ、この人は素敵なことを言ってくれる。B子よりも誰よりも、私のことを愛してくれているんだわ」

なんて考えちゃうんだから、お恥ずかしい話よ。

まぁそういうことで、男ごころなんて所詮はそんなものと知れば、縁の切れた人なんかに未練を感じることもないし、気恥ずかしい思いをしないで済むものよ。男ってのは、とても見捨てられないような気の毒な境遇にある女を、平気で捨て去るものなの。どんな気持ちでそんなことができるのか、女子には理解不能。それでいてそういう男は、他人のすることはあれこれ批判するんだから。よく言うわよ。

特に許せないのは、弱い立場のOLを口説いて妊娠させといて、知らん顔を決め込

平安時代の結婚

平安時代の男性は、言葉は悪いですが、ほ乳類の本能に従うように女性をさまよい、ヒモのような生活をしていました。女性が産んだ子は間違いなくその女性の子であることから、相続は女性から女の子へという形態が貴族社会では一般的でしたので、父親はあまり問題ではなかったのかもしれません。しかし女子の心はそう簡単に割り切れないことを清少納言が熱く語ります。また婿の出世は一家の繁栄につながりますので、女性の実家としても切実だったのです。

当時の結婚は男性が女性

むような男よっ!!

第一二五段 カッコ悪いもの

「むとくなるもの」

カッコ悪いなぁって思うもの。干潮で海水がなくなった干潟《ひがた》に留めてある大きな船。大きな木が風に吹き倒されて、根っこが上になって横たわっている光景。たいして偉くもないヤツが、召使いを叱りつけている光景。偉いお坊さんの足もと。髪の毛が短い人が、カツラをとって髪をくしけずる後ろ姿。おじいちゃんが髻《もとどり》を外したザンバラ頭。相撲《すもう》取りが負けて引っ込む後ろ姿。

人妻が、つまらないヤキモチから家出して、「きっとあの人、大騒ぎして探しまくるでしょうよ」って思ってたら、ダンナ、全然騒がず平気の平左。いつまでも他人の家に泊まってられないから、仕方なく自分から出てくる姿。

どうでもいいような痴話《ちわ》げんかで女が機嫌を悪くして、一緒のフトンじゃ寝られないわと這い出て行こうとするのを、男が無理に引き寄せようとするけど、女は強情に

のもとを訪ねる「通い婚」が原則で、男が三日間通って最後の夜に、女性の家の火で調理した餅を一緒に食べることで、晴れて結婚が成立したのです。

フトンの中に戻ろうとしない。男も面倒になって、

「なら、勝手にしな」

って、フトンにくるまって寝てしまう。

その後は冬の夜の寒さよ。女は下着の薄い単《ひとえ》一枚っきりだから、寒いったらない。夜更けまでそうやってたけど、もうみんな寝ちゃってる。私一人起きてるのも惨めだわって思えば、

「あの時素直にフトンに戻っちゃえば良かったな」

なんて気持ちになるの。寒くて眠れないけど、ともかく目を開けたまま横になってると、家の奥のほうで何やら何か物音がしたような気がして、恐くなってフトンまくって男に抱きついちゃうのもカッコ悪い話。……で、男は寝たふりしたまま知らん顔なの（憎ったらしいわね・苦笑）。

第一二七段　あ、ヤバイって思うもの

「はしたなきもの」


あ、ヤバイって思うもの。ほかの人を呼んでいるのに、自分かと思って顔を出しちゃった時。ものをくれる話の時の勘違いは、特に……ね（汗）。

噂話なんかで人の悪口を言ってたのを小さい子が聞いてて、そのご当人の前でしゃ

寝具

ここではわかりやすく「フトン」としましたが、実はこの時代、昼間に着ていた衣類をかけるだけというのが一般的な寝姿。ここでも「衣をひき着る」とあります。しかし身分の高い人は、絹綾で作った専用の寝具「衾（ふすま）」をかけました。『源氏物語』（柏木）には「衾ひき掛けてふし給へり」とあります。サイズは長さ八尺、幅は反物八幅や五幅だったそうで、かなり大きな掛け布団です。衾は高級品でしたので、宮中の儀式の参加者やスタッフへの引き出物としても用いられました。

べり出した時。可哀想な話を涙ながらに聞かされて、自分も可哀想だとは思ってても全然涙が出てこない時は、ヤバさ加減が半端ないわ。普段は見せない泣き顔だけは作っても、やっぱ涙が出なくっちゃダメなのよね。そのくせおめでたい話を聞いている時に、やたら涙が出てくることもあるんだから不思議よね。

第一二九段　関白さまの権勢　「関白殿、黒戸より」

中宮さまのお父上、関白・道隆さまが清涼殿にいらっしゃった時のことよ。お帰りは黒戸の間からっていうので、女房たちが廊下にぎっしりと詰めかけてお待ちしていると、

「これはこれは。なんとお美しい方々がお揃いか。このじじいを笑いのネタにしようとしておいでかな?」

な〜んて言いながら、女房たちをかき分けてお進みになるの。戸口近くの女房たちは、美しい色とりどりの袖口を見せながら御簾を引き上げる。そして権大納言・伊周さまが、御沓《くつ》をとって関白さまにはかせるのね。その伊周さまの御装束もまぁ見事なのよ。上品で美しくて、後ろに長く長く引く下襲《したがさね》の裾《きょ》は、周囲が狭く思えるばかり。大納言ほどの御方に沓を取らせる関白さまの御威光はさすが、って思って見てたわ。

下襲（したがさね）の裾

束帯装束の場合、上着である「袍」の下に着る「下襲」の裾を後ろに長く引きずりました。これは高位高官であればあるほど長く引くのです。権大納言の伊周は目立つほど長かったのですね。

裾は時代の流れに従ってどんどん長くなり、何度も規制されました。平安中期には大臣が七尺、大・中納言六尺、参議五尺、四・五位四尺などと定められています。これは規制後の値ですから、伊周の時代の大納言はもっと長く、六尺（一・八メートル）以上あったと考えられます。

山の井の大納言・道頼さま、その下の弟君たちや血縁でない人たちまで、黒い袍を着てずらりと膝を突いて居並んでいる光景は、藤壺の塀のところから登華殿《とうかでん》の前まで、まるで黒いものを点々と並べたみたいよ。その前をスリムでしゅっとした関白さまが、太刀を左手で押さえて立ち止まった御姿の優美なことといったら……。

関白さまの弟、中宮大夫・道長さまが清涼殿の前においでだったけど、さすがにこの人は膝を突かないんだろうなぁと思ったわ。それがどうよ？ 関白さまが少し歩き出されると、さっと跪《ひざまづ》かれたの。ほんと、関白さまは前世でどれほどの功徳を積まれたのかしら。この世でこれほどの御威光を示されるなんて、実に素晴らしいことね。

中納言の君っていう女房が、今日は誰だかの命日とか言って、珍しくお経を唱えているから女房仲間が集まって来て、

「ちょっとその数珠を貸してくださいな。ちょいとお勤めして、来世では関白さまにあやかって、素敵な人に生まれ変わるのよ」

な〜んて、みんなで笑い合ってたけど、それにつけても素晴らしいことばかりだったわ。そのことを中宮さまがお聞きになって、

「仏さまになるほうが、関白になるよりずっと良いのですよ」

とおっしゃって微笑まれたけど、その中宮さまもまた素晴らしいと思ったわ。

藤原道隆

中宮・定子の父である藤原道隆。関白や摂政を務めて栄華を極めましたが、強引なところも多く、政敵も多かったようです。定子を中宮にするために、本来同じ意味であった「皇后」と「中宮」を分けてしまったのも道隆です。いっぽう『枕草子』の道隆は、気配りができる美男子、冗談ばかり言う陽気なおじさまで、実に好人物に描かれています。『大鏡』でも道隆は、陽気な大酒飲みとして描写されます。しかしこの酒量の多さがあだになり、糖尿病らしき病で四十三歳で亡くなってしまうのです。

道長さまが膝を突いて挨拶されたことを中宮さまに何度も申し上げると、「例の、あなたの想い人ね」ってお笑いになったわ。でも、道長さまのその後の栄耀栄華の有様を、もしも中宮さまがご覧になったとしたら、この時、膝を突かれたことに私が驚いたのも無理はない、とお思いになったことでしょうね……。

第一三〇段 九月っていいわ

「九月ばかり、夜一夜」

九月の頃。一晩中降り続いた雨も朝には止んで朝日が昇ってくると、前庭に植えられた菊の上のこぼれんばかりの露の玉が一斉に光り輝くの、すごく素敵。透垣《すいがい》の竹組みや軒先に蜘蛛の巣が破れ残っていると、そこに雨がかかって、真珠のネックレスみたいに見えるのがすごく胸に染みるし、いいわ〜って思うの。

もう少し日が高くなると、昨夜の雨露で重そうに枝を曲げてた萩なんかが、「露」の落ちるたびに枝が跳ね上がるの。人が触ったわけじゃないのにピョコンと跳ね上がるのがとっても面白い。……でもほかの人は、そんなことを面白いとは「露」知ら

道長と清少納言

中宮・定子は藤原道長のことを「少納言の想い人」とからかうように言っています。道長は道隆の弟で目立たない存在でしたが、道隆と次兄の道兼が相次いで没し、権力が舞い込むことになります。政治的には道隆とはライバル関係になるわけですが、清少納言はそれを気にせず、ふだん道長びいきの発言をしていたのでしょう。そうでなければ定子の発言はあり得ません。道隆健在のこの時点では、清少納言はまだ道長を政敵とは意識していなかったのかもしれませんね。

ずっていうシャレを思いついたら、それがまた面白くなっちゃった。

第一三三段　行成さまと「へいたん」　「頭の弁の御もとより」

頭の弁・行成《ゆきなり》さまのところから主殿司《とのもづかさ》がやってきて、絵みたいなものを白い紙で包んで、花のいっぱい咲いた梅の枝につけて差し出すの。「絵かしら」と思って、急いで受け取って包みを開いてみたら、「餅餤《へいたん》」っていう、玉子や野菜を煮てお餅で包んだ食べ物が二つ入ってた（これ中華料理よ）。

添えられてた公式書類形式の手紙には、公文書みたいに、

「進上　餅餤一包
例に依《より》て進上、件《くだん》の如し
別当　少納言殿」

って書いてあって、署名は「任那《みまな》の成行《なりゆき》」ですって（これって外国出身の下級役人って意味？　中華料理だけに）。その奥に、

「これを差し上げる下部《しもべ》は、自分でお伺いしたいのですが、不器量なので昼間は参上できないのです」

平安時代の中華料理

頭の弁・藤原行成から「餅餤」が贈られてきました。これは孔子を祭る「釈奠（せきてん）」という行事や、六位以下の人事考課「定考（こうじょう）」などで出される、当時としても珍しい食べ物でした。平安中期の辞典『和名類聚抄』（源順）には「餅餤」として、「餅で包み、中に鵞鳥や鴨の玉子と野菜を煮て合わせたものを入れる」と、現在の春巻きのように解説しています。

奈良時代、最先端の料理としてさまざまな中華風の料理が入ってきました。代表的なのが「唐菓子（から

と、美しい字で書いてあったわ。中宮さまの御前に参上してお目にかけると、

「ずいぶんと美しい筆跡ですね。面白いことをされるものです」

とお誉めになって、この「公文書」をお手に取られるの。

「さて、返事はどうしましょう。餅餤を持ってきたお使いの者には、何をやったらいいのでしょうか。こういうことに詳しい人がいるといいのだけれど……」

って私がつぶやくと、中宮さまはそれをお聞きになって、

「左大弁《さだいべん》の惟仲《これなか》の声が聞こえましたよ。その辺にいるのでしょう。あれを呼んで尋ねなさい」

とおっしゃる。……で、縁側に出て、

「左大弁に聞きたいことがあります」

と、侍をやって呼び出してみると、きちんと正装して畏まってやってきた。中宮さまのお召しと思ったみたい。

「いえ、お召しではないのです。私事《わたくしごと》なんですよ。もし太政官《だいじょうかん》の弁官とか少納言とかの役人のところに、こういう品が届けられた場合、下部の者には何か心付けでもやるものでしょうか？」

って聞いたら、惟仲は答えて、

くだもの)」と呼ばれるもので、小麦粉や米粉を練って油で揚げたもの。梅子・桃子・餲餬・桂心・黏臍・饆饠・鎚子・団喜などさまざまな形があり、これらを八種唐菓子と呼び、儀式の宴席には欠かせないものでした。そのほか、中華の揚げ菓子「麻花（マーファー）」のような索餅（さくべい）もありました。

しかしこうしたフライ料理は日本人の舌には合わなかったのか、水のきれいな日本では、次第に茹でて食べる料理になります。たとえば索餅は現在の素麺に、団喜は団子に変容したと考えられています。

「特別にそういうルールはないと思いますね。ふつうに受け取って食べるだけです。……しかしなぜまた、そんなことをお聞きになるんですか。太政官の誰かからプレゼントされましたか？」

と聞くので、

「さて、どうでしょう」

って、とぼけちゃった。


返事として（中華っぽい）真っ赤な薄紙に、

「ご自分で『餅餤《へいたん》』を持ってこない下部というのは、大変『冷淡《れいたん》』な人のように思いますわ。いかがかしら？」

と書いて、きれいな紅梅の枝につけて差し上げた。すると行成さま、すぐおいでになって、

「下部が参りました、下部が参りました」

って呼びかけてくるの。……で、出てみると行成さまは、

「ああいうプレゼントのお返しは、きっと歌だなと思っていたよ。それが歌ではなく、まぁうまいこと返事したものだね。ちょっと歌に自信のある女性は、何かというと歌を詠むものなんだよ。そういうもったいぶったことをしない女性のほうが付き合いや

肉食文化

平安時代は獣の肉を食べていなかったイメージがありますが、牛や馬などの農耕動物以外の野生獣、鹿や猪の肉は案外と食べていました。清涼殿の『年中行事障子』には「喫宍」つまり「獣肉を食べた」当日は参内しないと書かれていますが、これは日常的に食べていたことの裏返しです。『今昔物語』にも鹿の声を聞いて「煮ても焼いても美味しいやつ」と答える女子が登場します。平安後期に肉食は低調になりますが、清少納言のパワフルさは、肉食から来ているのかも？

すいというもの。私などに歌なんか贈ってくる人は、かえって無神経だと思うね」

とおっしゃったわ。

「それではまるで、則光や成康《なりやす》みたいではありませんか」な〜んて大笑いしておしまいになったはずのこの話。後になって、帝の御前に大勢の人がいる時に行成さまが持ち出して、帝が
「うまいことを言ったものだね」

とお誉めになった、と、ある人から聞いたわ。

……ってこれ、聞き苦しい自慢話だったわね。

第一三五段　恋人にならない理由

「故殿の御ために」


（あのダンディでユーモアセンス抜群の関白さまが亡くなっちゃった……）

今は亡き関白さまのために、中宮さまは毎月十日、お経をあげて仏さまの御供養をなさるんだけど、九月十日はそれが中宮職事務所で開催されたの。たくさんの公卿や殿上人が集まったわ。清水寺の清範《せいはん》が講師を勤めたけど、そのお説教は悲哀感にあふれたもので、人の世の悲しみというものをまだ理解していないような若い人たちでさ

関白道隆の死

藤原道隆は大酒飲みで、糖尿病らしき病でわずか四十三歳で亡くなります。この時代の貴族の寿命は案外と長く、七十歳くらいは当たり前。藤原道長はやはり糖尿病で六十二歳で亡くなりますが娘の彰子は八十七歳、その弟の頼通は八十三歳まで生きました。道長のライバル、藤原実資も九十歳と長命です。そういう意味で道隆の四十三歳はあまりにも早く、お酒の害を感じさせますね。この思わぬ死去により、中宮・定子と清少納言の人生は大きく暗転してしまうのです。

え、みんな涙を流していたわね。

御供養の後、お酒を飲んだり詩なんかを吟じていた時に、頭の中将・斉信《ただのぶ》さまが、

「月、秋と期して、身いづくか～」

（月は秋に最も美しいが、その月を詠んだ人は今いずこ……）

という漢詩を吟じたけど、あれはつくづく良かったな。まさに今日の日にピッタリの詩をよくぞ思い出してくださったものね。人をおし分けて中宮さまのところに行くと、中宮さまは立って出ていらっしゃって、

「素晴らしいですね。本当に、今日の御供養のための詩みたいですね」

とおっしゃるの。

「そのことを申し上げようと、なんとか御前まで参りました。本当に素晴らしいことと存じます」

って申し上げると、

「吟じているのが斉信だから、余計にそう思えるのでしょ？」

なんてご冗談を……（汗）。

斉信さまは、私をわざわざ呼び出したり、偶然出会った時、いつも

平安時代の恋愛

この段の清少納言と藤原斉信の微笑ましい関係は、清少納言が宮仕えをしているからのことで、平安時代の恋愛としては一般的な形態ではありません。

平安時代のお姫さまは、あまり人に会うことはありませんでした。侍女や家人が姫の美しさや教養、こころ根の優しさなどを意図的に外の人に流し、それに興味を持った男子が和歌を贈ることから恋愛がスタート。姫がそれに返歌をし、さらに男子が返歌を……と繰り返します。やがて男子が姫のもとに忍んで来た時、姫がこれを受け入れれば恋人

「どうして私と本気の交際をしてくれないのかなぁ。これだけ長い付き合いをしていて、このままお友達のまま、いつしか自然消滅でいいの？　私が殿上から去ってしまった時、何を思い出にしたらいいのかな？」

っておっしゃるの。

「私もそうは思うわ。私たち二人がこれ以上の関係になるっていうのも、ありだと思う。……でも、もしそうなったらもう、客観的にあなたを誉めることはできないわ。それが残念なの。帝の御前で、私がまるであなたの誉め役みたいになっているのは、二人がただの友達でいるからよ。もしも恋人関係だったら余計な邪心がおきて、もう誉めることとなんてできなくなるわ」

と言うと、斉信さま、

「そんなことないよ。そういう関係になって、ほかの男よりも恋人を誉めあげる例だって、たくさんあるんじゃないかな」

って言うの。

「そういうことを気にしない女だったらそうでしょうけれど……。私は、男でも女でも、自分の身内ならなんでも誉めあげて、他人から少しでも悪く言われたら腹を立てたりするっていうのが、不愉快でならない性分なの」

って答えたら、

関係成立です。
和歌は各種の教養が必要な総合芸術でしたので、詠んだ人の知性と感性、性格を知るには一番のツールだったのです。

「そりゃぁ頼りにならないなぁ」

なんて言ったのが、すごくおかしかったわ。

第一三六段 逢坂の関 「頭の弁の、職に参り給ひて」

頭の弁・行成さまが中宮職事務所に来て、なんだかんだしゃべっているうちに、夜もすっかり更けてしまった。

「明日は宮中の御物忌《ものいみ》で籠もらないといけないのです。丑《うし》の刻《こく》になるともう『明日』になってしまうから、マズイです」

って言って、帰っていったの。

翌朝早く、蔵人所の公文書用紙を何枚か重ねて、

「今朝は大変心残りです。一晩中、完徹で昔話をして差し上げようと思っていましたが、鶏の声に追い立てられるようにして帰りました」

と、美しい字で長い文章をいろいろと書いてあったのが素敵だったわ。

返事に、

「真夜中に鳴いた鶏の声というのは、孟嘗君《もうしょうくん》の故事にある、鳴き真似ではないでしょ

孟嘗君の故事

古代中国・戦国時代の孟嘗君は秦の昭襄王（しょうじょうおう）に追われ、食客三千人と共に夜中、国境の函谷関にたどり着きます。朝まで門を開けないのが規則でしたが、食客の一人に物真似上手がおり、ニワトリの鳴き真似をさせたところ、朝がきたと勘違いした関守が門を開けてしまったため、一行は無事脱出できたという故事が『史記』にあります。清少納言も行成も『史記』を読んでいたからこそのやりとり。夜明け前に帰ろうとする行成に清少納言が投げかけた言葉が素敵です。

うか」

って書いたら、すぐに返事が来て、

「孟嘗君の鶏は、函谷関《かんこくかん》を開いて三千人の食客を逃がすことができたと本にありますが、私たちの間にあるのは、逃げるのではなく『逢う』坂の関ですよ」

ですって。そこで私は返事を書いたわ。

「夜をこめて　鳥のそら音ははかるとも
　世に逢坂の　関はゆるさじ
(夜更けに、孟嘗君が鶏の鳴き真似で騙したのは函谷関の関守。でも世にいう逢坂の関守は騙されませんから、お逢いできませんわ)
　こちらには賢い関守がおります」

すると、すぐにまた返事。

「逢坂は　人越えやすき関なれば
　鳥鳴かぬにも　あけて待つとか
(逢坂の関は人の越え易い関だから、鶏の鳴き真似なんかしなくても戸を開けて待っていてくれる、とか聞いてますよ)」

これらの手紙の中のはじめの何通かは僧都《そうず》・隆円《りゅうえん》さまが欲しいとおっしゃって、額

藤原行成

藤原行成は書の名人「三蹟（さんせき）」の一人として知られ、和様書道を確立した平安中期を代表する文化人の一人です。政治的には道長派で、道長の娘、女御・彰子を中宮に立てることや、一条天皇の皇太子に定子の産んだ敦康親王ではなく、彰子の産んだ敦成親王を立てることも進言。定子派から見れば不倶戴天の敵といえるでしょう。しかし清少納言はここでも無頓着に行成と親交を深めています。四九段には互いが深く信頼しあっている逸話が載っていて、行成の、無粋で和歌が苦手、周囲の空気

を床につけてまでして持っていってしまわれた。残りは中宮さまがお取りになったわ。

でも、「逢坂は……」の歌が素敵すぎて、返事ができなくなったのは困った。その後になって行成さまが、

「あなたの手紙は、殿上人たちみんなが見てしまったよ」

って言うので、私、

「あなたが私のことを思ってくださっていることは、それでよ～っくわかりました。素晴らしいことも、人に知られなければ無意味ですものね。私はあなたの見苦しい御歌が広まってしまうと困りますので、あなたのお手紙はしっかり隠して、絶対に人に見られないようにしていますわ。あなたも私も、相手のことを大切に思っているのは同じですね」

って言ってやったの。

そしたら行成さま、

「こうもまぁ理屈立てて言う女は、ほかにはちょっといないな。普通の女みたいに『ひどいわ。人に見せるなんて悪い人』なんて恨みごと、絶対に言わないんだからな」

って言って笑うの。

「どうしてですか？　恨むどころか御礼を申し上げたいくらいですよ」


を読まない一途な面も描かれます。女性の容貌について行成は「私が思うに、女子は目が縦につき眉が生え際まで上がり鼻が横に向いていたとしても、口元がちょっと可愛くて、アゴから首のラインが綺麗で、声の良い人だったらＯＫです……とは言うものの、やっぱりあんまりブスなのはイヤですね」などと身も蓋もないことを発言。そのためアゴがしゃくれて可愛くない女子は行成を目の仇にしていた、などと記されています。

と答えると行成さま、

「私の手紙を隠してくださったと。ああ、それは良かった。嬉しいことです。人に見せられたら、きっとイヤな思いをしたことでしょうよ。今後とも、どうぞよろしくお願い申し上げます」

なんて言ってたわ。

後日、経房の中将が来て、

「頭の弁が、あなたのことをとても誉めているのを知っていますか？　先日手紙をもらったのですが、あの時のことが書いてありましたよ。自分が大切に思う人が人から誉められるというのは、すごく嬉しいものですね」

って、マジな顔して言うのがおかしかったな。

「私には、嬉しいことが二つありますわ。ひとつは行成さまに誉められたこと。そしてもうひとつは、あなたの『大切な人』の中に入れていただけたこと」

と私が言うと、経房の中将は、

「まるで、今になってはじめてそれがわかったみたいな喜び方に聞こえますね」

って言ってたわ。

源経房と『枕草子』

左近中将・源経房は、藤原氏の策謀による安和の変で失脚した、源高明の子です。妹の明子は道長の妻の一人で、本人も道長の猶子。しかし中立を保った人で道隆派とも親しく、後に太宰府に旅立つ藤原隆家から、定子の遺児である敦康親王を託されています。清少納言たちのもとにも頻繁に出入りして楽しく会話していたことは『枕草子』にたびたび取り上げられています。『枕草子』を清少納言から無理矢理借り出して世に広めた人物ともいわれています（238ページ）。

第一三七段 呉竹の別名 「五月ばかり、月もなういと暗きに」

五月の頃。月もない真っ暗な夜に、

「女房の方々はおいでですか」

って大勢の声がした。

「なんでしょう、今時分に。出てみなさい。ただごとではありませんね、誰でしょう」

と中宮さまがおっしゃったので、出てみたの。

「誰ですか。そんな大きな仰々しい声で呼ぶのは」

……でも、返事がない。黙ったまま御簾を持ち上げて、何か差し込んできたと思ったら、呉竹の枝よ。

「おや、この君でいらっしゃいましたか」

と言ったら、

「やや、このことを、まず殿上の間に行って皆に報告しよう」

と、式部卿の宮の源中将とか、六位蔵人とか、そこにいたメンバーたちが出ていった。

頭の弁・行成さまだけ残って、

「出ていってしまったな、おかしな連中だ。清涼殿のお庭の竹を折って歌を詠み合お

清涼殿の呉竹と河竹

天皇の居所である清涼殿の庭には、呉竹と河竹（漢竹とも）という二種類の竹が植えられていました。石清水臨時祭の「試楽（しがく）」に遅刻した藤原実方は冠に飾る「挿頭（かざし）」の花を賜われず、かわりに呉竹の枝を折って冠に挿したところ、これが優美な振る舞いと賛美されて、以後の試楽の挿頭は呉竹と定められます。また藤原道長がタケノコを採って石灰壇で焼いて帝に食べさせたという逸話も。一条天皇の時代の清涼殿の呉竹は、意外にも気軽に折って利用されていたようです。

うとしたのだけれど、『どうせなら中宮職事務所に行って、女房たちも呼んで一緒に詠もうぜ』ということでここに来たのにな。呉竹の別名『この君』をパッと言われて、そのまま手もなく退散とは、情けない話だよ。……それにしても、あなたは一体誰に教わってそんな、人があまり知らないような、呉竹の別名なんかを即答できるんだい？」

って言うの。

「いえ、そうではないのです。呉竹の別名とは知らずに、とっさに答えただけで。……皆さま、お気を悪くされたでしょうか」

と答えたら、

「本当かい？　誰もそうは思わないだろうね、きっと」

ですって。

行成さまといろいろと雑談していると、

「植えてこの君と称す〜」

っていう漢詩を吟じながら、また殿上人たちが集まってきたわ。行成さまが「殿上の間で約束したことを実行せずに、ほったらかして帰ってしまったのは、どうしたわけだい」

呉竹＝「この君」の由来

いきなり呉竹を差し出され、「この君でしたか」ととっさに答えた清少納言。竹の別名が「この君」だったことから大評判になります。これは中国の歴史書『晉書（しんじょ）』（王徽之伝）にある話。王徽之は竹を愛し、仮住まいにも竹を植えたところ、人からすぐに引っ越すのになぜと問われ、「何可一日無此君耶」（一日たりともこの君なしではいられない）と答えたという逸話が元ネタです。殿上人はさすが清少納言と驚いたことでしょうが、彼女、本当に知らなかったのでしょうかね？

と言うと、

「あんな気の利いたことを言われたら、なんて答えればいいんですかね。下手なことを言ったらみっともないですからね。殿上の間でその話をしていたら、帝もお聞きになって感心しておいでてしたよ」

って言うの。

行成さまも一緒になって、繰り返し何度も同じ漢詩の話題で盛り上がって、楽しさ満点という感じになってきたから、ほかの女房たちも起きてきて仲間に加わった。なんだかんだペチャクチャおしゃべりして、結局、夜を明かしちゃった。帰る時も殿上人たちは、同じ詩を繰り返し大声で吟じていたわ。その声は、彼らが左衛門の陣に入るまで聞こえてたっけ。

翌朝早く、少納言の命婦という女官が、帝のお手紙を持ってきて、このことを中宮さまに申し上げたらしいの。私は自分の部屋に下がっていたんだけど、呼び出されたわ。

「そんなことがあったのですか？」

とお聞きになるので、

喪服

天皇が父母の喪に服すことを「諒闇（りょうあん）」と呼びます。その期間は律令の定めで一年間でしたが、そんなに長くては政務に支障があるため、仁明天皇の承和七年（八四〇）、唐の太宗の遺詔にならって「日をもって月に代える」つまり一年間（閏月を入れて十三か月）の服喪を十三日間とし、一年までの残り期間を心の中で喪に服す「心喪」としたのです。円融天皇は正暦二年（九九一）の二月十二日に崩御しましたので、そこから十三日間が喪服を着る期間ということになります。

「いえ、私は存じません。なんの気なしに発した言葉を、行成の朝臣が面白く脚色なさったのでございましょう」

と申し上げると、

「脚色したとしてもね……」

って、にっこり微笑まれたわ。

中宮さまは、殿上人が女房の誰かのことを誉めたという話をお聞きになれば、我が事のごとく、誉められた人の身になってお喜びになるの。ホント、素晴らしいことだと思うわ。

第一三八段　差出人不明の手紙

「円融院の御はての年」

帝の御父君、円融院《えんゆういん》の喪が明けて、人々は皆、喪服を脱いだけど、なんとなく湿っぽい気持ちだったわね。宮中をはじめ、院の人たちも、

みなひとは　花の衣になりぬなり
　苔の袂よ　かわきだにせよ

っていう、僧正遍照《そうじょうへんじょう》の歌にある、仁明《にんみょう》の帝の喪明けの様子を思い出したりしてた。

平安時代の諒闇の喪服に関する規則では、子どもである天皇は、「錫紵御服（しゃくじょごふく）」と呼ばれる真っ黒で文様のない麻の袍、冠は縄纓（なわえい）という、特殊な最上級の喪服を着ましたが、臣下は特別に宣旨（天皇のお言葉）を下された者だけが黒無文の袍で、そのほかは通常の位袍を着ました。宣旨を受けていない者が勝手に喪服を着ることはできなかったのです。

ただし冠の纓（冠の後ろの垂れ）は、いずれもくるりと巻き上げる巻纓で、諒闇であることを示しました。

雨が強く降る日のこと。帝の御乳母、藤三位の部屋に、鬼の子だといわれる蓑虫《みのむし》みたいな姿をした背の高い子どもが来て、白い木に手紙をつけて、

「これを差し上げてくださいませ」

って言うの。女房が、

「どこから来たの？　今日明日は御物忌《ものいみ》だから、蔀戸《しどみど》は上げられないのよ」

って、下を閉じたままの蔀戸の上の部分から受け取って、手紙が来たことを藤三位に申し上げたんだけど、藤三位が

「物忌中だから見ないわ」

と言うので、長押《なげし》の上に突き差して置いたのね。

翌朝早く、藤三位は手を洗ってから、

「さて、昨日のあの巻物を読まなくっちゃ……」

と、取ってもらって伏し拝んでから開けてみると、胡桃《くるみ》色とかいう茶色い色紙で、厚ぼったい手紙よ。いったい何なのこれ、と不思議がりながらも読み進むと、お坊さんみたいなおごそかな筆跡で、

これをだに　かたみと思ふに都には

忌色（いみじき）

「椎柴色」が出てきています。これが椎の木のタンニン成分を鉄媒染で染めた「黒橡（くろつるばみ）」のことだとすれば、最上級の忌色（喪の色）です。

平安の喪服の基準は案外とアバウト。故人と服喪者の人間関係や思い入れで、喪服の形状や色彩を変化させました。忌色の代表的なものは「鈍色（にびいろ）」で、ややブルーがかったダークグレー。より浅い服喪の場合は「青鈍色」を用いました。『源氏物語』（葵）で光源氏の正妻である葵上が亡くなった際、源氏は「にばめる御衣」を着

葉がへやしつる　椎柴の袖

（私はまだ、故院を偲んで椎柴《しいしば》色の喪服を着ております。なのに都の方々は、もう華やかな衣に着替えられたのでしょう）

って書かれてあったの。

何よこれ。ずいぶん皮肉めいた意地悪なこと言うじゃないの。誰の仕業《しわざ》？　仁和寺《にんなじ》の僧正かしら、とも思ったけど、まさかこんなことはおっしゃらないでしょうよ。ああ、円融院御所の長官としてお仕えした藤大納言だったら、こういうことをするかもしれないわね。

早くこのことを、帝や中宮さまに申し上げなきゃと思って気が気じゃないんだけど、大々的に宣言した物忌だったから、これは最後まで果たさねばとお経を唱え、翌朝早くに、藤大納言のところに返事を差し上げると、すぐにまた藤大納言からも返事があったの。

その返事と最初のと、二通の手紙を持って急いで参内して、

「こういうことがございました」

と、帝もいらっしゃる前で中宮さまに申し上げたわけ。すると中宮さま、手紙をさ

ています。この時に詠んだ「限りあれば薄墨衣浅けれど」という歌は、当時は妻の死に対する服喪は比較的軽い扱いが決まりでしたので、色が薄いことを指しているのです。

しかし、特に気持ちが沈む場合は黒に近くしました。葵上に特に可愛がられた童女が「人よりは黒う染めて、黒き汗衫、萱草の袴など着たる」というのはそういうことです。「萱草（かんぞう）」というのは女子が服喪の際にはく袴の色で、通常の紅の袴を服喪時には萱草色（くすんだ薄いオレンジ色）にしたのです。

らっとお読みになって、

「藤大納言の筆跡ではないようですよ。法師の手のようです。もしかすると、昔話の鬼の仕業ではないかしら」

と、本気なお顔をしておっしゃるの。

「では、これは誰の仕業でしょう。こんな物好きなことをする公卿やお坊さんって、どういう人がいましたっけ。あの人かしら、いえ、この人かしら……？」

なんて、あれこれ想像したり、犯人探しにやっきになってたら、帝が、

「この紙は、このあたりで見かける色紙によく似ているね」

と、ニッコリ微笑んでおっしゃるの。そして、御厨子《みずし》のところにあった、もう一枚の同じ色紙をお取りになって、藤三位にお渡しになったわ。

藤三位は、

「まあ、なんとひどいことをなさいます。理由をおっしゃってくださいませ。ああ、頭痛がして参りました。どうしてでしょう。事情をじっくりお伺いしたいと存じます」

と、帝を責めに責めてお恨み申し上げると、帝も苦笑されてようやくお話しになったの。

「使いに行った蓑虫、つまり鬼の子は、台盤所《だいばんどころ》の刀自《とじ》の配下の者のはず。女官の小兵

二階厨子・二階棚

清涼殿など寝殿作りの建物の母屋には各種の調度品が置かれました。代表的なのは二階棚と二階厨子で、ここに日用品や身の回りの品を納めました。二階棚の上段には「火取香炉」と「泔坏（ゆするつき）」、下段には「唾壺（だこ）」と「打乱箱」などを置きました。二階厨子は下段に扉がついたもので、上段には「香壺」や「料紙」などを置き、鍵のかかる扉の奥には大切な「薬箱」などを入れました。薬箱には「訶梨勒（かりろく）」、「檳榔子」、「紅雪」、「紫雪」などの常備薬が入っていました。

衛が言いくるめて、使いに出したのだろうよ」
それをお聞きになって、中宮さまも面白そうにお笑いになる。藤三位は中宮さまのお側に詰め寄ると、宮さまを揺すって
「どうして、このような謀《たばか》り事をなさいますのでしょう。まったく疑わず、手を洗い清めて伏し拝んでしまったではありませんか」
と、笑いながら悔しがる様子は、お乳を差し上げた帝や中宮さまとの信頼関係を誇るかのように嬉しそうだったわ。

清涼殿の女官詰め所、台盤所でもこの話で大笑いだったそうよ。藤三位が自分の部屋に帰ってからこの童を探し出して、手紙を受け取った者に面通しをしたら、

「この子のようでございます」

とのこと。

「誰の手紙を、誰がお前に渡したのですか?」

と問い詰めても、何も言わずにヘラヘラ笑って走っていっちゃった。事件に巻き込まれた藤大納言も、このことを後で聞かれて面白がって笑った、ということよ。

（事情がわからない藤大納言の返事って、どうだったのかしら。気になるわぁ）

台盤所（だいばんどころ）
「台盤所」は清涼殿の女官の詰め所で、帝の御座所「昼御座」のすぐ後ろにある部屋です。大きな台が置かれているのでその名称で呼ばれますが、この台は、帝のお食事を調える配膳台です。現代、キッチンのことを呼ぶ「台所」の語源でもあります。後に転じて、大臣や大将の私邸で家政を束ねる一家の主婦を「御台盤所」、略して「御台所」と呼ぶようになります。北条政子が「御台所」と呼ばれて以来、鎌倉・室町・江戸の幕府の将軍夫人もそう称しました。

第一三九段　手持ち無沙汰なもの　「つれづれなるもの」

手持ち無沙汰《ぶさた》だなぁと思うこと。よその家で物忌《ものいみ》している時（することないのよね）。進展がない双六《すごろく》ゲーム（つまんないわ）。人事異動でなんの職にもつけなかった人の家（何をしたらいいのやら）。そしてそう、雨が降った日は、本当に手持ち無沙汰で退屈なものよね。

第一四〇段　退屈しのぎになること　「つれづれなぐさむもの」

退屈しのぎになること。碁《ご》、双六、読書。三〜四歳くらいの幼児がカタコトでしゃべるのを聞くこと。すっごく小さい子たちが、何か話をしたり言葉遊びをするのを眺めること。スイーツを食べること。

冗談上手、話し上手なお笑い系男子は、物忌の時なんかでも話し相手にしたいわ。

第一四一段　どうしようもないもの②　「とり所なきもの」

どうしようもないもの。ブサイクな上に性格も悪い人。それから、服に食べこぼし

囲碁

日本における囲碁の歴史は、『懐風藻』に大宝年間に伝わったと記されるのが最古とされます。正倉院宝物に聖武天皇愛用の囲碁用具が遺されているように、囲碁は上流階級の遊戯としてはもっともポピュラーなものでした。

当時の遊戯には「賭け」が欠かせません。宮中でも賭け碁の記録が多数残されています。『源氏物語』（宿木）では、帝と中納言・薫が対局し「よき賭物はありぬべけれど、軽々しくはえ渡すまじきを」と、賭け碁の場面が描かれています。

ちゃった時。

……この段、流石にちょっとヤバイかな。でも、今さらやめるわけにいかないので、書いちゃうわね。棺《ひつぎ》の送り火に使った火箸は、残るといやがられるっていうわよ。でも、書く必要があれば書くわ。イヤなことって、世間にいくらでもあるものよ。だいたい、この草子は人に見せるために書いたわけじゃないのよ。あやしげなことも、憎たらしいことも、思いつく限りなんでも書くつもり!!

第一四二段 石清水の臨時祭 「なほめでたきこと」

臨時祭ほどめでたく素晴らしい儀式って、ほかにある？ その時の「試楽《しがく》」もまたいいのよ、これが。

春うらら、のどかな青空の下、清涼殿の前庭に「掃部司《かもんのつかさ》」が畳を敷く。そこに、勅使は北向き、舞人は帝のほうに向かって座るのね。これは私の記憶違いかもしれないけど。蔵人所の下役たちが「衝重《ついがさね》」を持ってきて、勅使や舞人たちの前に据える。普段はこの庭に入れない地下《じげ》の雅楽演奏者たちも、この日は特別に帝の御前に出入りすることを許されるのよ。

掃部司と畳

三月の中午の日に行われた石清水の臨時祭。その試楽（予行演習）が清涼殿の庭で行われました。庭に舞台となる畳を敷くのは「掃部寮」の官人たち。掃部寮は宮内省に所属する役所で、宮中行事の会場設営や掃除を担当しましたが、最も重要だったのは畳に関する事務です。平安時代は、部屋は板張りで、人が座る場所だけに畳を置く形式。畳は現在よりずっと貴重品でした。畳の縁は身分により繧繝縁（うんげんべり）・高麗縁・紫縁・黄縁などに分けられ、この差は重要な意味を持ちました。

公卿や殿上人は互いに盃を差しつ差されつ、しまいには「屋久貝《やくがい》」というものを盃にして飲んでから座を立つの。そして「取りばみ」ということをするのよ。お下がりの食べ物を庭に放って下の者に与えることなんだけど、これ、男子が受け取るのさえ下品な行為なのに、この席では帝の御前の女子までもが出てきて取るのよねぇ。まさか人がいるとは思わないような、臨時調理所「火焼屋《ひたきや》」の後ろか何かに隠れていて、ぱっと出ていって食べ物を取るの。欲張って多く取ろうと騒ぐ人は、かえってひっくり返しちゃったりするのよね。身軽にしてさっと少し取る人のほうが、結局は確実にゲットできるってもんよ。「火焼屋」を上手に利用するところなんか、実に面白いもんだわ。掃部司たちが畳を片付けちゃうと、すぐに主殿司《とのもづかさ》たちが来て、手に手に箒を持って、お庭の砂を掃きならすのよ。

承香殿《しょうきょうでん》の前あたりで、笛を吹いたり笏拍子《しゃくびょうし》を打ったりして雅楽を演奏してる。その音色を聞くと、ついつい「早く舞人が出てこないかな」と思っちゃうわけよ。そうして待ってるうちに、やがて駿河舞《するがまい》の「有度浜《うどはま》」を歌いながら、竹垣近くに歩み出てきて和琴《わごん》を弾く。その頃は感激も最高潮で、もうどうしましょっていうくらい素晴らしいの。

舞楽

試楽ではさまざまな舞楽が舞われています。これら舞楽は管絃の調べに乗って優雅に舞うもので、奈良時代以降、朝廷の各種行事には必ずといって良いほど演じられました。

演目は、唐由来で赤系統の装束を身につける「左方舞（さほうまい）」、高麗やアジア諸国由来で青系統の装束を身につける「右方舞（うほうまい）」、日本古来の舞「国風歌舞（くにぶりのうたまい）」など多数あります。

清少納言は国風歌舞がお気に入りだったようで、二一六段で「舞なら駿河舞、

一の舞の舞人二人は、袖をすごく美しく合わせて出てきて、西側に寄って帝に向かって立つ。その後次々と出てくる舞人たちみんな、拍子に合わせて足踏みして、半臂の緒とか冠や袍の襟元なんか、きっちりと整えて、催馬楽《さいばら》の、「あやもなきこま山」なんかを歌って舞う姿。いやもう、何から何まで素晴らしいったらないわね。

「大輪」という動きが面白い舞なんかもう、一日中見てても飽きないくらいなんだけど、これが終わっちゃうのよね。ほんと残念。で、次の舞に期待して見てると、琴を運びかえして、今度は竹の台の後ろから舞い出てきたじゃない。これがなんとも素敵なのよ〜。つやを出した赤い「かいねり」の下襲《したがさね》の長い裾が、舞に従って乱れ動く。あちらにヒラヒラ、こちらにヒラヒラ。その光景の素晴らしさは、ありきたりの言葉じゃ表現できない。この舞が終わっちゃったらもう次の舞はないって思うと、終わっちゃうのが本当に残念だったわ。

舞が終わり、公卿たちが引き続いて出ていってしまった後は急に寂しくなって、名残惜しい気分になる。賀茂の臨時祭だったらもう一度「還立《かえりだ》ち」の御神楽《みかぐら》もあるから、それで少しは慰められる気持ちにもなるんだけど……。

求子（もとめご）がすごく素敵」と筆頭に挙げています。このほか「太平楽」「迦陵頻」「抜頭」「落蹲」（納曽利）などが好みと記しています。

国風歌舞「人長舞」を舞う殿上人

庭のかがり火の煙が、細く立ちのぼる景色の中、神楽笛の澄んだ音色が響き渡り、心に染みる歌声に胸がおどると、打衣《うちぎぬ》の凍てつくような寒さも、扇を持つ手の冷たさも、すっかり忘れてしまうの。才の男っていう神楽の歌手たちを呼んで、指揮者の「人長《にんじょう》」が響く声で指示を与えてるのが、心地よさそうに見えるわ。

宮仕えする前、まだ家で暮らしていた時分は、家の前を祭の勅使や舞人たちが通ってゆくのを眺めてた。いつまでも見飽きなくて、賀茂の御社まで追っかけて見てたっけ。大きな木の下に牛車を停めて、松明《たいまつ》の煙のたなびく様子とか、その火に映える半臂《はんぴ》の緒とか衣の光沢が昼間より美しく見える様子なんかを、ずっと興味津々で見てたわ。橋の板を踏み鳴らし、歌声に合わせて舞うってだけでも素敵なんだけど、せせらぎの音が笛の音とひとつに溶け合って聞こえてくると、さぞや神さまもお喜びになるでしょうと思われるの。

毎年、舞人となって神前で舞う栄誉に感激していた、頭の中将だった人が亡くなった後、上賀茂神社の橋の下に霊魂が留まってるっていう都市伝説を聞いた。何もそこまで思い入れなくたっていいじゃないとも思うけど、それほど、この神楽が素晴らしいっていうことだけは言えるわね。

石清水臨時祭

「臨時祭」というのは例祭（本祭）に対するもので、賀茂社は四月の例祭に対して十一月、石清水八幡は八月の例祭に対して三月に臨時祭が行われました。石清水臨時祭は、天慶五年（九四二）に平将門・藤原純友の乱平定の祭を行い、それが恒例化したものです。

石清水八幡は、貞観二年（八六〇）に豊前国・宇佐八幡から勧請して都の南西、男山の石清水寺境内に建てられた神社で、創建当時から神仏習合の色合いが濃い神社でした。それは八月に行われる例祭が仏教行事「放生会」（捕らえた魚や鳥

石清水八幡の臨時祭の後には、賀茂社のような「還立ち」がないのが寂しいわ。

「どうして宮中に帰ってから、もう一度舞わないの？　もしやったら、絶対素敵なはずよ。宮中に戻って、舞人手当をもらったらすぐに帰っちゃうなんて残念な話よね」

とか、女房仲間と話し合ってるのを帝がお聞きになって、

「よし、石清水から還って来た時も舞わせよう」

とおっしゃるの。

「本当でございますかっ!!　もし本当なら、どんなにか素敵でしょう♪」

って申し上げたわ。

もう嬉しくって、中宮さまにも、

「どうか舞わせてくださいと、中宮さまからも帝に申し上げてくださいませ」

と女房一同で口々に申し上げたんだけど、その年の臨時祭で本当に「還立ち」の舞を実現してくださったのは、心の底から嬉しい出来事だったなぁ。

帰ってきた舞人たちはもう一度舞うなんて知らないから、すっかりリラックスしていたところに、帝からの急なお召しよ。もうドタバタの大騒ぎを演じていたのは傑作だったわ。下の部屋で休憩していた女房たちが慌ててやってくる姿もね。従者や殿上人なんかが見てるとも知らず、腰につけるべき裳《も》を頭からかぶって参上したりして、

獣を野に放して殺生禁断を説く儀式）であったことからもわかります。

天慶二年に起こった平将門・藤原純友の乱の際、朝廷が八幡神に平定を請願し、功験があったとしてそれ以後、国家鎮護の社として朝廷のあつい尊崇を受けることになりました。

一条天皇の父・円融天皇が同社に行幸してからは、歴代多くの天皇が行幸する神社となり、伊勢の神宮に次ぐ宗廟と呼ばれるようにさえなったのです。

みんなで大笑いしたものよ。

第一四三段　政変のさなかで　「殿などのおはしまさで後」

中宮さまの御父君、関白・道隆さまがお亡くなりになった後、宮中で政変が起きたの。なんとも騒がしい世の中になったのよ。中宮さまも宮中からお出になって、小二条殿というところにお住まいの身の上になったのね。私自身にも面白からぬ出来事がいろいろあって、長い間、自宅で引き籠もり生活をしていたんだけど、中宮さまの御身のまわりの寂しさを思うと、やっぱりこうしてはいられないという気になるのよ。

ある時、右中将の経房が来て、こう話したの。

「今日、中宮さまの小二条殿に伺ってみましたけれど、大変にお気の毒な思いにかられましたよ。ええ、女房たちの装束、裳や唐衣などは季節に合った、きちんとしたものでした。御簾の隙間から中を見たら、女房が八、九人ばかり、黄朽葉の唐衣や、薄紫色の裳、紫苑重ね、萩重ねなどを着て、美しく並んでいましたね。

庭先に雑草がたくさん生い茂っていたので、『どうして刈り取らせないのですか』とお聞きしましたら、『露を置かせてご覧になりたいと、わざと生やしているのです』

長徳の変

ついに「長徳の変」になってしまいました。中宮・定子の父、藤原道隆が長徳元年（九九五）四月に急死。道隆は死の直前、長男の伊周に関白職を継承させようとしましたが失敗、道隆の弟である道兼が関白に就任しました。けれども道兼も疫病で急逝し、政権の座は下の弟・道長に転がり込みます。伊周は当然ながら気分良くありません。そして翌年一月に事件が起きました。

伊周は藤原為光の娘・三の君のもとに通っていましたが、その妹・四の君のもとに花山法皇が通い出しま

と答えたのは、あれは確か、宰相の君の声でしたね。なんとも風情があることだと思いました。

少納言殿のことについて、『ずっと家に引き籠もっているなんて残念なことです。中宮さまがこのような御境遇にある時は、たとえ何があっても必ず来てくれる人だろうと、中宮さまは信じておいでてでしたのに、その甲斐もなく……』と何度も言っていました。つまり、私を通してあなたに聞かせようっていうことなんでしょう。……ね、参上してみなさいな。心に染みる御所の様子でしたよ。露台の前に植えられた牡丹《ぼたん》が、それは見事でしたよ」

って言うの。

「さて、どうしたものでしょう。他の人が私のことを憎いとお思いになりましたので、私も憎く思い返した、ということなのですけれども……」

と答えると、右中将は

「まあまあ。ここはひとつ、大らかな気持ちになって、ね」

って笑ったわ。

す。伊周はこれを三の君に通っていると勘違いして弟の隆家に相談。直情的な隆家は侍を率い、四の君のもとに向かう法皇一行を襲撃して、あろうことか法皇の衣の袖を矢で射抜くという事件を引き起こしてしまうのです。さらに伊周が、勅命がなければ行ってはいけない真言密教の呪術「大元帥法（たいげんすいほう）」を行っていたことも発覚して大問題となりました。道長を首班とする朝儀の結果、伊周は太宰権帥に、隆家は出雲権守に左遷されることになります。

兄弟は出産のために里下がりをしていた中宮・定子

中宮さまのお気持ちを疑ったりしているわけではないの。……ただ、中宮さまのお側近くの女房たちが、

「少納言は、左大臣（道長）派と通じているらしいです」

とかなんとか噂してたのよ。みんなが集まって雑談か何かしてる時、私が部屋から上がってくるのを見ると、ピタっと黙ってしまう。私一人、のけものっていう感じがありありだったわ。今までにないことで不愉快だったから、中宮さまから「参りなさい」と何度も仰せがあったけど、ずっとスルーして家に引き籠もってたの。そのことがまた、中宮さまの周辺での、私についての事実無根のデマを招いていたみたいね。

いつになくお呼びがかからない日々が続いて、不安な気持ちにうち沈んでいたある日のこと。中宮御所の下女頭が手紙を持ってきたの。

「中宮さまが、宰相の君を通して、そっとくださいましたお手紙です」

って言うのよ。ここに来ても、まだ人目を避けている様子（左大臣派の手が伸びているの？）、あんまりな話だわ。人を経由したお手紙じゃない。これは……と心を引き締めて開いてみると、花びらがただひとつ入ってた。そして、

「いはで思ふぞ」

（言わないけれど、思っていますよ）

の二条の邸に逃げ込みますが、五月一日、そこに検非違使（警察）が家宅捜査に踏み込みます。伊周は逃亡、隆家は逮捕されて出雲に流されてしまいました。

こうした場面を目にした定子は、発作的に自らハサミを取って髪を切り、出家の意志を示します。この時代、背中の半ばくらいで髪を切れば、「尼削ぎ」と呼んで出家姿とされたのです。この後、六月には二条の邸が全焼。定子は寂しい日々を送ることになります。

と、中宮さまの筆跡で書かれていたの。これを見たらもう本当に、ここ最近お呼びがかからなくて心配していた心が、すっかり慰められて嬉しくなったわ。下女頭は、そんな私を見つめて、

「中宮さまはもう、折あるごとに、少納言さまのことを思い出していらっしゃいますのに……。女房の皆さま方みんな、少納言さまの今回のことを、『不思議に長いお里下がり』とおっしゃっておいでですよ。どうして参上なさらないのですか？」

って言うの。

下女頭は「来たついでに、近所で用足しをして参りますね」と言って出ていった。その間にお返事を書こうと思うのだけど、この「いはで思ふぞ」の歌の、上の句がどうしても思い出せないの。

「私、どうしちゃったのかしら。同じ古歌といっても、この歌は知らない人がいないほどに有名なのに。ここまで出かかってるのに、口に出てこないわ」

ってつぶやいていたら、前にいた童《わらわ》が、

「下ゆく水の、と申します」

って教えてくれた。どうしてこんな簡単なことを忘れちゃったのかしら。こんな童に教えてもらうなんて、私も焼きが回ったもんだわ。

清少納言の微妙な立場

この政変の中で清少納言は、疑心暗鬼の定子の女房たちから「道長派」という烙印を押されてしまったようです。清少納言は以前から「道長が想い人」だと言われたり、道長派とされる殿上人たちと気軽に交際していましたから、そういう目で見られるのも仕方がなかったのかもしれません。しかし彼女が顔を出すと女房たちが無視したりするというイジメは、精神的には大きなダメージですね。ずっと家に引きこもって出仕しなかったというのも無理はありません。

お返事を差し上げてから少しして、ついに中宮さまの元に参上したの。本当に来ても良かったのかしらと、いつになくつつましくして、几帳《きちょう》の陰に半分隠れているのを中宮さまが見つけられた。

「あれは新参の者かしら？」

なんてお笑いになって、

「好きな歌ではなかったのだけれど、今の私の気持ちに一番よく合っていると思ったの。……少納言をいつも見ていないと、私の心は少しも慰められないのですよ」

っておっしゃってくださるの。そのご様子は以前とまったく同じで、何もお変わりになったとは見えなかったわ。


元歌を童に教えられたと申し上げると、大笑いされて、

「そういうことは、よくあることですよ。誰でも知っている古歌だからと、あまり軽く見ていると、そういう目に遭うのです」

とおっしゃって、ついでにこんなお話をされたの。

「いつでしたか、左右ナゾナゾ合わせ大会をした時ね。こちら側の人ではないけれど、そういうことが上手だという人が『こちら左チームの一番は私が出題します。そのお

その後の定子

この段では中宮・定子は「小二条殿」というところに住んでいます。女房たちの装束が、季節に合った「紫苑重ね」「萩重ね」とありますので秋のことと思われます。ということは六月に二条の邸を焼け出された後に、近所の小さな家に住んでいたということなのでしょうか。この小二条殿の存在は、ほかの記録を見いだせないところです。この年の十月、定子の母の高階貴子が亡くなっていますが、その様子を匂わす記述は見られません。そして十二月には定子は脩子内親王を出産します。

つもりでいてください』などと言って、みんなをすっかり安心させたのです。まさか悪いことは言い出すまいと、信頼して嬉しく思っていたのね。

みんなで問題を出し合って、その中から本番の問題を選ぶことになったのですが、その上手そうな人は、『その出題、私にすべて任せてくださいな。なぁに、引き受けた以上、決して皆さんに悔しい思いはさせませんから』と言うので、みんなそのつもりになっていたのですよ。でも、本番の日が近くなると、やっぱり心配で、

『問題を言ってみてください。たまたま同じ出題が重なることもありますから』

と言うと、本人は、

『そんなことを言うならもう知りません。頼りにしないで』

と、つむじを曲げてしまうのね。何か心配な気持ちのまま、本番の日を迎えました。

みんな、男女ともに左右に分かれ、見物人も大勢並んだ大勝負になったのです。さて左の一番。とても慎重な様子で、いかにももったいぶった態度。さぁ、どんな出題をするかと、敵も味方も全員この人に注目します。『なぞ、なぞ』という決めぜりふを言う時の緊張感は大変なものでした。

そうしたら、なんということでしょう。この人は『天に張る弓、な～んだ』と言っ

なぞなぞ合わせ

平安貴族たちは絵合わせに香合わせ、鳥合わせに貝合わせなど、盛んに「合わせ物」をしました。左右二チームに分かれての対抗戦ゲームです。さまざまなコレクション競争もありましたが、ここでは問題を出し合って答える「なぞなぞ」合わせです。出題して「これ何ぞ！　何ぞ！」というかけ声を出すので、「なぞなぞ」といわれるようになったようです。

お金がかからない言葉遊びですので頻繁に開催されました。『徒然草』には「大覚寺殿にて近習の人ども、なぞなぞを作りて解か

たのですよ。言うまでもなく上弦下弦の月のこと。その簡単さに、敵の右チームは、してやったりと大喜び。味方の左チームは、あまりのことに開いた口がふさがりません。『いくらなんでも問題が易しすぎる』と考え、はっと気がついたのは、

『この人、敵方のスパイで、こちらを負けさせようとしているのだ』

ということでした。みんな悔しく憎く思っていた時、これもまたなんということでしょう。右チームの解答者は、答えるのも馬鹿馬鹿しいと笑いながら、

『いや、そんなものは知りません』

と、口をへの字に曲げて『知らない』と答えたのですよ。


すると、待ってましたとばかり、左の一番は勝利を宣言して、採点者に得点を入れさせました。右チームの人たちは、

『おかしなことを。〈天に張る弓〉の意味を知らない者などいませんよ。これは得点にすべきものではありません』

とクレームをつけたのですが、左チームの人たちは
『知らないと言ったのは揺るぎない事実。そちらの負けですよ』

と言い張り、その後も引き続いてその人が相手を論破して、結局すべて勝ってしまったそうです。


れける処へ」とあります。

　また室町後期の後奈良天皇は、自らなぞなぞ集『後奈良院御撰何曾』を編纂しています。どういう問題かといえば、たとえば「嵐は山を去って軒のへんにあり」これ何ぞ何ぞ。答えは「風車」。嵐の山冠を去って風、軒の偏は車。よって風車。「雪は下よりとけて水の上に添ふ」これ何ぞ何ぞ。答えは「弓」。これは雪の下を溶かして「ゆ」、水の上で「み」というわけです。中宮・定子のなぞなぞも、こういう感じだったのでしょうかね。

みんながよく知っていることでも、思い出せないときはわからないということもあるでしょうけれど、右チームの解答者は『どうして知らないなんて言ってしまったの！』と後からみんなに恨まれたそうですよ」

そういうお言葉を聞いて、御前の女房たちも皆、そうそうと頷いたわ。

「右方は、さぞや悔しかったことでしょう」

「こちら左方の人たちも、はじめに『天に張る弓』という出題を聞いた時は、どんなにか憎く思ったことでしょう」

なんて言いながら大笑いよ。

でも、このお話は、私みたいに度忘れした失敗じゃないわよね。逆に、みんな知っていたからこそ油断をした失敗よね。

第一四四段 桃の枝をねだる子どもたち 「正月十よ日の程」

正月の十日過ぎの頃。空が真っ暗になって厚い雲がたれこめている間から、日の光が鮮やかに差してきた。庶民の家の荒畑は、土をきれいに耕しているけど平らじゃな

たとえ話の意味

清少納言は自分がど忘れしたことと、当たり前のことを思い出せないこととは違うと主張していますが、中宮・定子がこの話をしたのは、「裏切り者に見えて、実は味方だった」例を出したかったからではないでしょうか。

この時期、「道長派の回し者」と疑いの目で見られていた清少納言が、久しぶりに出仕して来たことを嬉しく思った定子が、ほかの女房たちにそのことを知らしめるための配慮かと。しかし清少納言、そのことに気がついていないようなのですが……。

い。そこに植えられた桃の木には、みずみずしい若枝がたくさん繁っているわ。枝の片側は青、片側は濃く艶やかな蘇芳《すおう》色。それが日差しを受けて美しく輝くの。

　そこにしゅっとした少年がやってきた。どこに引っかけたのか、狩衣《かりぎぬ》はかぎ裂きを作ったままだけど、髪かたちが美しい少年よ。その子が桃の木に登っていくと、着物をたくし上げた男の子や、脛を出して長靴をはいた子が木の下から

「ボクに毬打《ぎっちょう》の枝を切ってよ」

ってねだるの。そこへまた、髪の美しい少女たちが三、四人やってきた。糸が切れた衵《あこめ》を着て、袴もクシャクシャなお転婆さん。でも上に羽織ってる袿《うちぎ》は高級品だわ。

「卯槌の木にちょうどいいサイズの枝を切って下ろして。御主人さまもお待ちかねよ」

って言うので、少年が枝を切りおろすと、少女たちは走り寄って拾い上げる。

「私にも、もっともっと」

ってほかの子がねだるのが、とても可愛らしいわ。

　黒い袴の居飼《いかい》（牛の飼育係）が来て、これも同じように桃の枝を要求するから、

「ちょっと待ってよ」

って少年が言うと、居飼は木の根本を揺さぶる。上にいた少年が怖がって、お猿さん

毬打（ぎっちょう）

　桃の木に登った子に「毬打の枝を切って」と頼む下の子。毬打は平安時代に非常に流行した遊びで、二チームに分かれて木の玉を打ち合うゲームです。『年中行事絵巻』を見ますと、かなり激しい打ち合いをしたようです。玉を打つための杖はゲートボールのスティックのような形状で、握る部分は湾曲していました。幹から枝が出ている部分を切り取るとちょうど良い形になります。

　桃の木は魔除けになると信じられていましたので、卯槌のほか、さまざまに用いられました。

みたいに木にしがみつくのが、また面白いのよ。梅の枝に実がなった時なんかも、大体こういう光景になるわね。

第一四五段 双六とイケメン 「きよげなる男の」

一日中、双六ゲームに熱中してまだ飽きないと見えるイケメン男子。低い燈台に明々と火を灯し、対戦相手に「さあ早くサイコロを振れよ」と責め立てる。でも相手はサイコロに何やら呪文をかけて、すぐには筒に入れないの。だから筒を盤の上に立てて待つしかない。狩衣の襟が顔に当たってうるさいので片手で押し入れ、柔らかな烏帽子を左右に振りながら、

「そんなに長い時間サイコロにおまじないをかけたって、どうせいい目は出ないって」

と、じっと見守っている姿は、いかにも自信満々なポーズってとこかしら。

第一四七段 恐ろしげに見えるもの 「恐ろしげなるもの」

恐ろしげに見えるものといえば……。クヌギの実のイガイガ。家の焼け跡、鬼蓮《おにばす》、菱《ひし》の実。髪の毛の多い男が、シャンプー後に乾かしている姿。

双六

双六は賭け事にも使われたため非常に流行し、何度禁令が出ても廃れることがありませんでした。碁と比べると品が落ちるとされ、『源氏物語』（常夏）では、内大臣の隠し子・近江の君が双六に興じている様子を批判的に描いています。

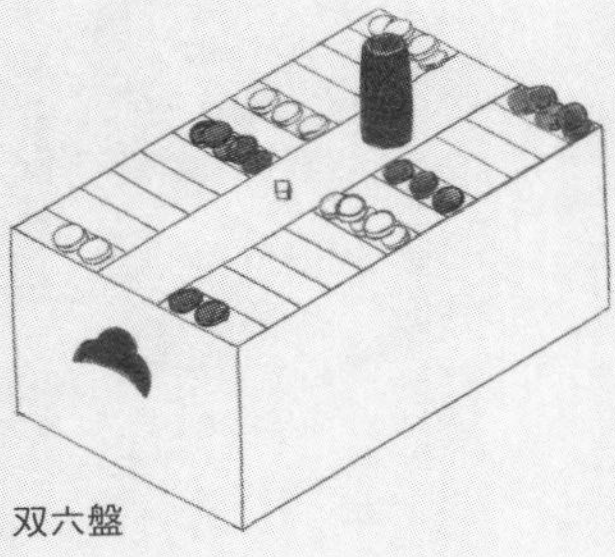
双六盤

一本に三段　聞きたくないもの　「聞きにくきもの」

聞きたくないもの。声の悪い人が、リラックスして何かしゃべったり笑ったりしてる時。居眠りしながら読む陀羅尼経《だらにきょう》。お歯黒をつけながら話す声。どうしようもない連中って、ものを食べながらくっちゃべるのよねぇ。それからそうそう。習いたての篳篥《ひちりき》の音（あれは聞きたくないわ）。

一本に二三段　物の怪払い　「松の木立高き所の」

松の木立ちが高い庭。東と南の格子を全部上げたので、家の中が涼しげに見通せる母屋。そこに大きめの四尺几帳《きちょう》を立て、その前に円座を置いて、四十歳くらいのイケメンのお坊さんが座ってる。薄墨の衣、薄物の袈裟《けさ》なんかを見るも鮮やかに着こなして、渋い香染《こうぞ》めの扇を使いながら、陀羅尼のお経を読んでいるの。きっと、物の怪に苦しんでいる病人がいるのね。

物の怪を乗り移らせる「よりまし」として、生絹《すずし》の単《ひとえ》を着た大柄の少女が紅い袴を長々とはいた姿でいざり出て、横向きに立てた几帳の表側に座る。お坊さんは少女の

お歯黒

平安中期の貴族の成人女子は、必ず「お歯黒」をしていました。白い歯をむき出しにするのは品がないとされたこともありましたが、結果的には虫歯予防にもなったようです。

お歯黒は、酢に浸けた鉄を歯に塗り、その上にヌルデを原料としたタンニンを多く含む五倍子粉（ふしこ）をつけて化合させることで歯を黒く染めます。時間とともに色は薄くなるので、数日に一度染める必要がありました。なお貴族の男子がお歯黒をする風習は、平安後期の鳥羽上皇の頃からといわれます。

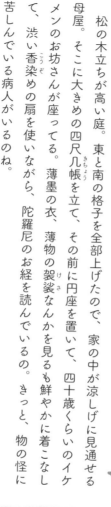

方を向くと、すごくピカピカの法具「独鈷《どっこ》」を手渡して、拝みながら陀羅尼を読み続ける。尊い光景だわ。

見守る女房たちが大勢いる。みんな手に汗握りながら、じっと見守ってるわ。見る間に少女は震え出し、正気を失ってお坊さんの加持の通りに反応するのよ。その法力の有り難い様子は、感動ものだったわね。

親兄弟、親族たちは、みんな揃って御簾の内外に揃って座ってる。御修法の有り難さは重々承知してるけど、この少女が正気に戻ったらどんなに恥ずかしい思いをするだろうと考えると、複雑な心境よね。実際には本人は痛くもかゆくもないんだろうけど、目の前で泣きながらもがき苦しんでいるから、少女を知る人は可哀想で仕方がないんでしょう。そばにつきっきりで、衣の乱れを直してやったりしてるわ。

そうこうしてるうちに、病人が快復してきたみたい。「御湯を」ってお坊さんが指示すると、それを奥の方に取り次ぐ若い女房たち。御湯の入った瓶を提げながら急いでやってきて、病人の様子を心配そうに見てるわ。その装束は単なんかも美しく、薄紫色の裳を型崩れさせずにきちんと着てる。

お坊さんが、よくよく言って聞かせて許しを与えると、物の怪は取り憑いていた少

祈祷の方法

何度も登場する加持祈祷の場面。この段では僧侶による「物の怪」退散の祈祷です。没入するために陀羅尼（呪術的な経文）を唱え、物の怪を「移すべき人」役の女性が上半身が透けた生絹の単を着て登場。いかにもおまじないをする雰囲気が高まります。物の怪は見事に女性に憑依し、僧侶がそれを諭して追い出す、という流れでこの「治療」は成功しました。

科学的には一種の催眠療法なのかもしれませんが、病は気から。当時は実際に効果があったのかもしれませんね。

女から去った。少女は、

「几帳の中にいるとばかり思っていたのに。こんな、みんな見ている外に出ていたなんて、恥ずかしいわ。一体、私に何があったの？」

と、恥ずかしそうに髪で顔を隠して、几帳の内側に逃げこもうとする。お坊さんは
「しばし待ちなさい」

と止めて、少女に加持を少ししてから、

「どうですか。爽やかな気分になりましたか」

と微笑みかけるけど、少女はやはり恥ずかしそうよ。


「もう少し様子を見ていたいところですが、お時間となりましたので……」

お坊さんはそう挨拶するとすぐに出ていこうとするの。

「あ、もう少し……」

って止めようとするけど、急いで帰りたいみたい。そこへ、身分が高い女房と思われる女が、御簾のそばにいざり出てきて、

「今日は本当によくぞお立ち寄りくださいました。おかげさまで、耐えがたい苦しみがすっかり消えて、気分が良くなりました。返す返すも御礼申し上げます。明日もまたぜひ、お暇な折りにでも、様子を見においでくださいませ」

物の怪

平安時代は「物の怪」が人にさまざまな害をなすと信じられ、僧侶や修験者、陰陽師など、多くの種類の祈祷者が物の怪調伏を担当しました。

人に取り憑く物の怪は、死者の怨霊などもありますが、生きている人間の憎悪が「生き霊」となって憎む相手に取り憑くという場合も。『源氏物語』で六条御息所が嫉妬から生き霊となり、夕顔や葵上を取り殺してしまう話が有名です。互いの精神的ストレスゆえのことでしょうから、加持祈祷による精神療法は効いたのでしょう。

なんて言うと、お坊さんは、

「たいそう執念深い物の怪でございました。この後も油断なくご養生なさいませ。少しでもお加減がよろしくなったとすれば、何よりと存じます」

って、言葉少なに出てゆく。御修法の素晴らしい効果。まさに仏さまが目の前に現れなさったのかと思うほどだったわね。

一本に二八段　下品な連中「はせにもうでて」

長谷寺にお詣りした時のことよ。いかにも下品な連中が、私のいる部屋にドヤドヤと入ってきて背中を並べて座ってたんだけど、あれは不愉快だったわね。せっかく信心ごころを起こしてお詣りに来たのに～。

恐ろしい川の音を聞きながらようやっと階段を昇って、へとへとになって部屋に到着して、「いつ御仏像の前で、じっくり拝見することができるの？」って思ってるところに、白い衣を着たお坊さんや、蓑虫みたいな格好をした男たちが集まって来て、立ったり座ったり伏し拝んだり。それも私のすぐそばで、よ。ホント、癪《しゃく》にさわって押し倒してやろうかって思っちゃったわ。どこでもよくある話よね。

長谷寺

奈良県桜井市にある長谷寺は、平安時代に観音霊場として大いに尊崇を集め、数多くの男女が参詣しました。巨椋池を望み、別荘地だった宇治を通る道中は風雅で、物見遊山としても楽しまれたのでしょう。

長谷寺は山の上にあり、約四百段もある長い階段を登ります。日頃運動不足であったであろう清少納言は、お寺まで登った時は疲労困憊でイライラが募っているようで、ちょっとしたことにもお怒りモードです。しかも髪に挿した櫛を落としてしまい、お気の毒。

高貴な人の部屋だったら人払いができるんだけれど、そうでなければ、こうして部屋の中に入ってきても制止しちゃいけないんだって。そうとは知ってても、やっぱり目の前にこういう下品な連中が並ぶのを見るのはやりきれないわ。

（あ、そうだ。その時よ）きれいに洗った櫛を、閼伽《あか》水に落っことしちゃったの。もうやってらんないわよっ!!

一本に二九段　牛飼童の教育　「女房の参りまかでには」

女房が出勤・退勤する時、他人の牛車を借りることがあるわよね。車の持ち主は気持ちよく貸してくれるんだけど、その車専属の牛飼童が、自分がいつも使ってる童よりも牛を強く叱って荒っぽい運転をしたりするのは、いやなものだわ。それから、車の横に控えるお供の男たちが、つまんなそうな顔して、

「早く走らせろよ。夜が更けないうちに、仕事あげちゃおうぜ」

なんて言ってるのを聞いちゃうと、車の持ち主の心も読めるような気がして、二度と借りたくないっていう気持ちになるってもんよ。

高階業遠《なりとお》の朝臣の車だけよ、人が借りて乗ってもそういう不愉快な経験をしないの

牛飼童
牛車の牛を遣る（操る）牛飼は、大人であっても童形（子どもの姿）をする決まり。五五段では「牛飼は巨漢で髪がぼうぼう、顔が赤銅色で才気ある者が良い」とあります。剛の者というイメージで、実際に荒くれ者も多かったのでしょう。

は。夜中・明け方の別なくよ。日頃の社員教育がよほどいいのね。いつだったか、女房の乗った車が道の窪みに落ちて、スリップして出られなくなってたのに行き逢った業遠の朝臣。その女車の牛飼は腹を立てて怒鳴るばかりでどうしようもない。業遠は自分の従者をやって、その童を打たせたそうよ。牛飼の童については、特に厳しく教育していたのでしょうね。

第一四九段 品のないもの 「いやしげなるもの」

品のないもの。式部の丞の笏《しゃく》。そして天然パーマの黒髪。新しい布屏風。もちろんそれが古くて黒ずんでたら論外よ。新しいのでも、桜の花を画面一杯に描いて、胡粉《ごふん》や朱砂《しゅしゃ》をゴテゴテと塗ったのって下品よ。台所にある「遣戸厨子《やりどずし》」。太ったお坊さん。本物の出雲莚《いずもむしろ》で作った畳。あれも品がないわ。

第一五〇段 胸がドキンとするもの 「胸つぶるるもの」

胸がドキンとするもの。競馬を見てる時の気持ち。紙で元結《もっとい》をよる時。親なんかが

笏（しゃく）

一四九段では、品のないものとして縮れ髪が挙げられますが、どうも清少納言本人がそうだったようなので、悩みが転じた自虐的な話なのかもしれません。

「式部丞の笏」が品がないというのは、一三四段にある「六位の笏は職の御曹司の南東隅の築土の板を使う」ということと関連するのでしょうか。ただ、清少納言は二八段（29ページ）でも、式部丞は下品なオジサンだと言っていますので式部丞全般ではなく、何度も登場する特定の人物について言っているのかもしれませんね。

気分悪いって言って、いつもと様子が違う時。ましてや伝染病が流行してる時だったら、心配で何も手につかないわ。それから、口もきけない赤ん坊がお乳も飲まないでワンワン泣いて、乳母が抱いてやってもいつまでも泣きやまない時。

思いがけない場所で、まだ公表してない恋人の声が聞こえる時はもちろん、他人が彼の噂話をしてる時もドキンとしちゃう。大嫌いな人が目の前にやってきた時も、胸がどきつくわ。不思議にドキドキするのが胸というものね。

昨日の晩、はじめて通って来た男から、翌朝のラブレターがなかなか来ない時。これは他人事であっても気が気じゃないわね。

第一五一段 可愛らしいもの 「うつくしきもの」

可愛らしいもの。瓜にイタズラ描きした小さな子どもの顔。チュッチュとネズミの鳴き真似をすると、手乗りのスズメの子がおどるように飛んでくるの。それからそう、二、三歳ぐらいの幼な児が、急いでこちらに這ってくる途中で、小さなチリを目ざとく見つけて、可愛いお指で摘み上げ、大人たちに見せる様子。おかっぱ髪の子が、目

恐ろしい伝染病

伝染病は古今東西、人類を悩ませ続けるものです。正暦四年（九九三）の冬から流行した疫病（天然痘のようです）は平安京の人口を半減させたといわれます。藤原道隆の後に関白になった道兼も、就任直後にこの病により亡くなり「七日関白」と呼ばれました。

このほか左大臣・源重信、中納言・源保光と源伊陟、そして清少納言が美貌を褒めた「山井大納言」こと中宮・定子の弟、道頼も、わずか二十五歳で死去。彼らが世を去ったことも政変の原因となりました。

もとに髪の毛がかかっても掻き上げないで、小首をかしげて何かを見ている時。……可愛らしいわねぇ。

宮中で行儀見習い中の、まだ幼い「殿上童《てんじょうわらわ》」が、装束を着せてもらって歩き回るのも可愛いな。可愛い幼な児をちょっと抱いて遊ばせているうちに、いつの間にか、しがみついたまま眠っちゃってる、なんていうのも、ホント愛らしいのよね。それから、お雛さまのお道具。池からすくい上げた、すごく小っちゃい蓮の浮葉。あ、そうそう、葵の葉のすっごく小さいのもね。……本当にもう、なんでもかんでも「小っちゃいもの」はみんな可愛いわ。

丸々と太った二歳くらいの幼な児が、二藍《ふたあい》色の薄い生地の衣を裾を引きずって着て、タスキに結んだままの姿で這い出してくるのとか、大きくなって袖が短くなっちゃってるを着て歩く子とか、みんな可愛いわよねぇ。八、九歳、十歳くらいの男の子が、子どもっぽい声で漢文の本を読んでいるのもいいな。まだ羽毛が白くて可愛いニワトリのヒヨコが、ツンツルテンの衣を着たみたいに足だけ長い姿で、ピヨピヨうるさく鳴きながら、人にまとわりついて歩くのも可愛いじゃない。もちろん、母鳥と連れだって歩くのも可愛いわよ。そして雁の卵、ガラスの壺。どれも可愛いわ～。

平安の水菓子、瓜

瓜（マクワウリ）は、平安時代の代表的な夏の水菓子でした。平安後期の『大槐秘抄』（藤原伊通）には「村上天皇の御代、蜜瓜の種を鴻臚館に植えさせた」とあります。『古今著聞集』（橘成季）には、藤原道長のもとに南都から瓜が贈られ、その中に蛇が入っていたという怪異譚が載っていますが、ここからも当時ポピュラーなフルーツであったことがわかります。

平安中期の『新猿楽記』（藤原明衡）にも「大和瓜」がありますから、奈良の名産だったのでしょう。

第一五二段　調子に乗るもの　「人ばへするもの」

人がそばにいると調子に乗るもの。たいして取り柄のない子が、親に甘やかされてる時。それから、咳。気恥ずかしい相手に何か言おうとすると、まず先に咳が出ちゃうものなのよ。

近所に住んでる四、五歳の悪ガキがウチに来た時。いつもはものを散らかしたり、壊したりすると叱られるから仕方なく我慢してるけど、親がそばにいると調子こいて、「あれ見せて～、ねぇ、ママ」なんて母親を揺するのよ。でも大人は自分たちの話に夢中で聞かないでいると、ガキは自分で探しに出かけて、見つけ出して騒ぐのが、ほんっと腹立つ。

親も親よ。

「ダメよ～」

って言うだけで、取り上げようとしないの。

「そんなことしちゃダメよ」「壊さないでね」

な～んて、笑いながら言うだけなんだから、その親も憎ったらしいったらない。

こっちは母親の手前、きつく言うわけにもいかないじゃない。ただ見てハラハラし

正月の歯固（はがため）

一五六段（次ページ）で「えせもの」とされるのが正月の大根。普段は地味な野菜なのに正月だけは脚光を浴びる、というのです。これはおせち料理のもとになった「歯固」料理の食材に用いられるから。歯は「齢」と同じ意味で、歯が健全なことは健康長寿の象徴でした。年のはじめの三が日、歯を鍛えるような硬い物を食べることで、長寿を祈ったのです。干し大根や押し鮎、ゴボウなどが代表的な歯固の食材でした。現代の正月の和菓子「花びら餅」のゴボウはここから来ているのです。

てるだけなの。情けない話だけど。

第一五五段 むさくるしいもの 「むつかしげなるもの」

むさくるしい、気持ち悪いもの。刺繍の裏側。巣の中から転がり出た、まだ毛も生えてないネズミの子。裏地をつける前の毛皮コートの縫い目。ネコの耳の中。清潔じゃない暗い場所。

子どもがたくさんいる、しょーもないヤツ。それほど愛してもいない女が、長いことメンタルを病んでるっていうのも、男からしたら気持ち悪いんでしょうね。

第一五六段 たまに活躍するだけで 「えせものの所得る折」

普段は大したことないのに、たまに大きな顔してるもの。まず正月の大根（おせち料理にはつきものね）。それから、帝の行幸行列に馬に乗って供奉する「ひめまうち君」っていう女官（いつもは何してるの?）。即位の大礼で門を開閉する役人（単なるドアボーイなのにね）。六月・十二月の晦日に、竹で帝の御身長を測る「節折《よおり》」担当の女蔵人。

ひめまうち君

同じく「えせもの」に行幸行列の「ひめまうち君」が登場。「姫松」「東豎」とも呼ばれ、内侍司所属の女官ですが、なんと馬に乗って行幸に供奉する男装の麗人です。「三つ子は天子を守護する」という伝説から、全国の三つ子から選抜採用しました。「紀朝臣季明」「河内宿禰友成」という男子名を名乗るのが慣習。『江家次第』（大江匡房）には「不似尋常事也」（普通のことではない）とありますから、当時としても変わった風習だと思われていたのでしょうね。

「季の御読経」っていう仏事での威儀師《いぎし》。赤い袈裟を着て、お坊さんたちの名前を読み上げる姿がすごく目立つのよ。「季の御読経」や「御仏名」なんかの式場で、飾りつけ担当の蔵人所の役人たち。

春日祭の奉幣使につき従う近衛《このえ》の舎人《とねり》たち。正月三が日に、帝に差し上げる御屠蘇《とそ》の毒味役の女の子「薬子《くすりこ》」。同じくお正月に「卯杖」を奉る役のお坊さん。五節の舞姫が御前で予行演習をする時、付き添って髪を整える役の女房。節会の時、帝の御膳で御給仕をする采女《うねめ》。

第一五七段 ツライ立場の人 「苦しげなるもの」

ツライ立場の人。夜泣きっていうのをやってくれちゃう赤ん坊の乳母。愛人二人に二股かけて、その両方から嫉妬されてる男。

それから、手ごわい物の怪を調伏することになった修験者ね。少しだけでも効果が出てくれればいいんだけど、少しもそんな気配がなくて、とにかく依頼者に笑われないようにと、一生懸命に念じてる姿は、本当にツラそうな顔してる。

薬子（くすりこ）

現代と同じように正月の三が日、平安時代の天皇も典薬寮が調剤した「お屠蘇」を飲んで一年間の無病息災を祈りました。この時、天皇より先にお屠蘇を飲むのが「薬子」と呼ばれる少女です。陰陽寮が少女の年齢と、その年に縁起が良い衣の色を定めました。薬子は毒見役でもありますが、少女の生命力あふれる若いパワーを屠蘇に移して、それを天皇が取り込むといった意味もありました。現代でも一家の中で年少の者から屠蘇を飲む風習は、この薬子の名残なのでしょう。

嫉妬深いストーカーに深く思い込まれた女子。摂政・関白の取り巻きとして今を時めく人だって、それなりに苦労は多いんでしょうね。でも自分で望んだ結果なんだから、ま、いいんじゃない？ そして、いつもイライラしてる人。

第一五八段 羨ましいもの 「うらやましげなるもの」

羨ましいもの。お経なんかを習ってる時に、こっちはまだうろ覚えで覚えたとこも忘れちゃったりして、何度も同じところを行ったり来たりしているのに、お坊さんはもちろんだけど、ふつうの男女がスラスラと気軽な感じで読んでる。いつになったらああなれるのかなぁって、羨ましく思うものよ。

気分が落ち込んで寝込んでる時は、笑ったり、しゃべったり、いつもと同じようになんの悩みもない感じで歩いたりしてる人が羨ましくなるわ。

一念発起、伏見稲荷《ふしみいなり》までお参りに行った時、中の御社のあたりから道が急に険しくなって、こっちはゼーハー言いながらも我慢してエッチラオッチラ登ってるのに、私より後から来て、涼しい顔して楽々と追い抜いて、先にお参りに行く人がいたわ。羨ましい限りだったわね。

五節の舞姫

五節の舞姫は、新嘗祭において帝の前で舞う、四～五人の舞姫のことです。公卿・受領や后妃が知り合いの女子を舞姫に推挙しました。『枕草子』でも九段の「宮の五節いださせ給ふに」に詳しく説明されているように、五節の舞姫は当時の宮廷人には一大関心事でした。一大イベントに出演させるということで、送り出す側は、姫はもちろん、姫の髪を整える理髪の女房、下仕、童女の装束にも気を配りました。おつきの女房にとっても、晴の舞台と気張ったことでしょう。

あれは二月の午《うま》の日のことだった。明け方早くに家を出たんだけど、お稲荷さまの坂道を半分くらい登ったところで、もう午前十時になっちゃった。だんだんと暑くなってきて、もうつくづくイヤになったわ。

「何も好き好んでこんな日に、こんな苦労をしなくても……。私ってば、なんでこんなことを思い立ったんだか、もうっ」

って思ったら、涙まで出てきた。

ぐったりして一休みしていると、四十過ぎくらいかしらね、壺装束すらしてない軽装の女が山を下りてきたの。

「私は七回お参りするつもりなんですよ。今、三回目。あと四回くらいなんでもないですよ。昼過ぎ、二時頃には山を下りることができるでしょう」

なんて、通りすがりの人と気軽に話しながら下ってったのよ。普段だったら気にも留めないような女だけど、あの時ばかりは私も「今すぐにあの身体と入れ替わりたい」って思ったわ。


女の子でも男の子でもお坊さんにした子であっても、出来のいい子を持った人は本当に羨ましいわ。それからね、髪の毛がすっごく長くきれいで、前に垂らした鬢削《びんそ》ぎが美しく整った人も、つくづく羨ましい。やんごとない身分の御方が、まわりの人た

伏見稲荷

清少納言が一念発起して伏見稲荷を参詣。一本に二八段（157ページ）では長谷寺の階段を登るのに苦労していましたが、さらに大変なのが伏見稲荷の登山道。伏見稲荷は平安京以前の秦氏に由来するとされ、空海の東寺（教王護国寺）建立の際の鎮守社となって栄えました。『延喜式』では名神大社に列した大きな神社です。

奈良時代から続く二月の初午「稲荷祭」には数多くの参詣者が集まったことが、多くの文献に見られます。苦労しても登りたい清少納言なのでした。

ちから丁重に大切に扱われている姿……見るも羨ましいわ。

字を書くのが上手で、歌を詠むのもうまくて、何かの折りにつけてまずお呼びがかかる人もね。高貴な御方の前には大勢の女房たちがいるし、彼女たちだって鳥の足跡みたいに下手くそな字を書くわけじゃないでしょうに、いざ大切な手紙を出すとなると、やはりその人じゃないとダメ。自分の部屋に下がっていても呼び出され、御硯を棚から下ろしてお書かせになる。なんというご信頼の厚さ。つくづく羨ましいわぁ。

手紙の御代筆とかそういうのは、ベテラン女房ともなれば、「難波《なにわ》わたり遠からぬ」（つまり書道の初心者）みたいな字でも、年功序列で代筆させることもあるのね。でも今話してるのはそういうことじゃないのよ。

はじめて宮中に出仕しようとする、公卿のお姫さまに送る手紙なんかは、紙を選ぶのから何から、特別扱いされるの。私たちは集まると、「羨ましいご身分ね」なんて言い合うのよ。もちろん冗談だけどね。

琴とか笛を習う時も、まだあんまり上手じゃないうちは、いつになったら上手な人みたいになれるのかしら……と思うわ。帝や東宮さまの御乳母という立場も羨ましい。帝付きの女官で、お后の所でも女御の所でも内裏の中、どこでも自由に出入りするこ

難波わたり

字が下手な様子として原文に「難波わたり遠からぬ」とあるのは、『古今和歌集』の仮名序にあるように、当時の書の手習いは日本に漢字を伝えたとされる王仁の詠んだ「難波津の歌」を書くことからはじめたからです。『源氏物語』（若紫）で、幼い若紫が書の初心者である様子を「まだ難波津をだにはかばかしう続け侍らざめれば」と表現しています。

ですから「難波わたり遠からぬ」というのは、英語能力が「ABCを習った程度に近い」というような意味なのです。

とを許された人も、羨ましい限り。

第一六〇段 じれったいもの 「心もとなきもの」

じれったいもの。超特急の縫いものを人に頼んで、完成して到着するのを今か今かと、その人の家の方角を見ながら待つ気持ち。出産予定日を過ぎても生まれる気配が全然ない時。遠距離恋愛の恋人から来たラブレターの封の糊が固くって、なかなか開かない時。

祭り見物に遅れて出かけると、もう行列はスタートしてるじゃない。先触れが持つ白い杖が遠くに見えると、もうダメ。自分の牛車が見物席に近寄るスピードが遅く遅く感じちゃうのよ。車から降りて駆け出したい気持ちになるわ。

会いたくない人が来たので、居留守を使ってほかの人に挨拶させた時。待ちに待った赤ん坊が生まれて五十日、百日と無事に過ぎたのはおめでたいけど、その先の将来が待ち遠しいわ。

羨ましい女官

正規雇用の国家公務員である「女官」。しかも帝付きの女性秘書官である内侍のことを、非正規雇用で民間人の清少納言は、常に羨望の目で見ていました。この段ではそれを包み隠すことなく「羨ましげなるもの」としています。当時、天皇の命令は口頭で出され、これを受けた内侍が公卿や検非違使らに伝達することになっていました。これが「内侍宣」。国家の重要事をまず女官が承ったわけで、これほどのキャリアウーマンですから清少納言が憧れたのは当然でしょうね。

急ぎの縫いものをする時、暗いところで針に糸を通すのが、じりじりする。自分がやる時はまぁいいわ。自分が縫うのに他人に糸を通させる時がねぇ……。相手も慌てるから、余計に糸が通らないのよ。

「あ、もういいわ。もういいから」

って言っても、その人も意地になってなんとしても通そうという顔つき。もう、憎らしささえ感じるものよ。

どんな場合でも、急いで出かけようという時に、

「私も出かけるの。先に車を使わせてね。すぐ帰して寄こすから」

って言って出ていった車が帰って来るのを待っているのは、じれったいものよ。大通りを車が通ったんで「あれだわ」って喜んでたら、ほかの場所に行ってしまった時の残念さったら……。ましてや祭り見物に出かけようって時、車を待っている時に

「行列はもう始まっちゃったらしいよ」

なんて声を聞くと、ホント、ガッカリね。

子どもが生まれた後、後産がなかなか下りてこないのもじりじりする。それからそう、物見遊山《ものみゆさん》に出かける時、一緒の車で行く人を迎えに行ったら、車を停めて待って

命がけの出産

赤ちゃんが生まれると「産養（うぶやしない）」を行います。これは生後三日・五日・七日・九日目の夜に、親類が産婦や赤ちゃんの衣類や食べ物を贈り、お祝いの宴を開くことです。さらに五十日の祝いと百日の祝いは盛大に行われました。そして、幼児が生まれてはじめて魚を食べる儀式「真菜始（まなはじめ）」を生後二十か月から二十五か月、つまり満二歳頃に行います。

頻繁に行われたこれらの成長祝いは、乳幼児死亡率が極めて高かった平安時代には切実なことで、日一日と無事に成長する子どもを、

るのに、なかなか乗らないで、ぐずぐず待たせて平気な人っているわよね。じれったくなって、もう置いてっちゃおうかしらって思うもの。急いで炭をおこす時もイライラするわ。

人からもらった歌の返事を早くしなきゃって思うのに、上手に詠めない時もイライラ。相手が恋人なら急がなくてもいいけど、どうしても急がなきゃならない場面ってあるわよね。まして女子って、互いに友情を感じてる時は、ともかく早く返事をって思っちゃって、つい変な返事をしておかしな成り行きに発展するってこともある。

病気で物の怪が恐ろしい夜。早く夜が明けないかしらと、すっごくじれったくなるものよ。

第一六一段　四月の詩と七月の詩

「故殿の御服の頃」

亡くなられた関白さまの喪に服していた頃のことよ。六月の終わりの日、中宮さまが夏越《なごし》の大祓《おおはらえ》にお出かけになるのに、お住まいの中宮職事務所からだと方角が縁起悪いっていうので、太政官の「朝所《あいたんどころ》」っていう建物にお移りになったの。その夜は暑

心の底から祝う気持ちだったと思われます。

平安時代の貴族は現代と同じくらい長生きしましたが、それは成人まで達した人の場合。乳幼児期間を無事に乗り切るのが大変なのです。

そして若くして亡くなる原因として、疫病以外に多いのが妊娠・出産に関するトラブルでした。貴族の女子でも妊娠中毒症や出産後の産褥熱らしき病で亡くなる例は数多く、中宮・定子も、長保二年（一〇〇〇）十二月、第三子・媄子内親王を出産した直後に急逝してしまうのです。

くって、建物内は真っ暗闇。何が何やらわからないまんま、狭い部屋で窮屈な思いをして夜を明かしたのよ。

翌朝早くに起きて見たら、この建物は屋根が低い瓦葺きで中国風の、変わった感じの建物だったわ。普通の建物みたいな格子がなくて、柱と柱の間に、ただ御簾がかけてあるだけってのが、なかなか珍しくって興味深かったっけ。女房たちは面白がって、庭に下りて遊んだものよ。前庭には「ませ結」で囲った花壇があって、そこに萱草《かんぞう》という草がいっぱい植わってた。鮮やかな花が重なり合って咲いてたけど、それがこういう固苦しい場所の植栽にはピッタリ、という感じだったわね。

水時計を見て時の鐘を鳴らす「時司《ときづかさ》」の役所がすぐ隣だったから、時報の鐘の音が、いつもと違ってずっと大きく聞こえるの。それが面白いらしくって、若い女房たちが二十人くらいいたけど、みんな、時司の高い鐘楼に登っていった。それを下から見上げると、薄鈍色の裳や唐衣、同じ色の単襲《ひとえがさね》、そして紅の袴をはいた姿で連なって登ってゆく。それは……そうね、天女とまでは言えないけど、空から舞い降りてきた人たち、っていう光景だったかな、ええ。同じ若い女房っていっても、押し上げ係になった子は一緒に登れないから、羨ましそうに下から見上げてる。それも面白かったな。

平安時代の時報

平安京の時報は陰陽寮の担当で、そのトップが「漏刻（ろうこく）博士」であることでわかるように、水時計で時刻を管理し、守辰丁（しゅしんちょう）が、子の刻・丑の刻などで鐘を撞く数を変えて時刻を知らせました。また役所の出勤・退勤時間も鐘鼓で知らせましたが、季節によって日照時間が異なりますから、一年を四十に細かく区切って出退勤時刻を調整しました。このように平安時代の日本は一日を十二等分する「定時法」で、季節の日照時間に合わせて勤務時間等を調整する方式だったのです。

若い女房たちはすっかりはしゃいじゃって、左衛門の陣まで行ってドタバタ大騒ぎしてたらしいわ。お局さまたちは顔をしかめて
「こんなことをしてはいけません！　公卿の方々がお座りになる椅子に女房が座ったり、太政官のお役人が座るベンチを、全部ひっくり返したり壊したりして！」
って叱ったけど、若い子は聞く耳持たずだったわね。

宿舎はすごく古いし、屋根が瓦葺きのせいなのかどうなのか、とにかく、とんでもない暑さなのよ。仕方がないから夜も御簾の外側に寝てみたんだけど、古い建物だから、ムカデっていうのが一日中、ぽろぽろ落ちてくるし、大きな蜂の巣からワンワンと蜂が飛び交ってるしで、ほんと、メチャクチャ恐ろしかったわねぇ。

ここには殿上人たちが毎日やってきて、女房たちと夜を明かしてなんだかんだおしゃべりしてたわ。それを聞いたある人が、
豈《あに》はかりきや、太政官の地の、今やかうの庭とならむことを
（これはどうだ、太政官の役所が、今は化けギツネのすみかになろうとは）
という詩を朗詠してたけど、これはシャレが利いてて良かったと思うわ。

唐風の太政官

若い女房たちが太政官庁でやりたい放題。ここは現代の平安神宮のような瓦屋根の中国風の宮殿で、公卿たちは靴をはいて倚子（いし）に座って食事や政務を行ったのです。女房がひっくり返したのは、そうした倚子や床子（しょうじ／ベンチのこと）でした。律令制では、政治はこうした、靴をはいて倚子に座る唐風の形式で行われるのが正式でしたが、平安中期になると天皇の住居である清涼殿で、靴を脱いで殿上に座って政治を行うように変化。装束も座るのに楽なゆったりとしたものに変化します。

立秋を迎えた。でも『古今集』凡河内躬恒の「かたへ涼しき」どころか、片側すら涼しい風が通らないのよ、ここは。でもさすがに虫の声は聞こえたわね。七月の八日にお帰りという予定だったので、七夕祭はここで行われたの。いつもより祭壇が近くに見えたのは、庭が狭かったせいでしょうね、きっと。

宰相中将・斉信《ただのぶ》さまが、宣方《のぶかた》の中将、道方《みちかた》の少納言と一緒にやってきたので、女房たちが出てお話の相手になったの。私が前置きもなく突然、

「明日はどんな詩を朗詠されますの?」

って聞いてみたら、斉信さまはいささかのためらいもなく、

「『人間《じんかん》の四月』というのをやろうと思ってるよ」

と答えるの。それがすごくオシャレだって思ったわ。

過ぎた日のことをよく覚えていて語るのは良いもの。女子はあんまり物忘れしないけど、男ってのはそうじゃない。自分で詠んだ歌さえうろ覚えってことがよくあるの、おかしいでしょ(斉信さまが、このとき「人間の四月」っていう漢詩を選んだ理由は、この後わかってくると思うわ)。でも、御簾の内外にいる女房たち、みんな気がついていないのも、ま、無理もないかしらね。

人間(じんかん)の四月

斉信が朗詠しようという『人間の四月』。これは「人間四月芳菲尽　山寺桃花始盛開」ではじまる白居易の詩で、世の中は初夏の四月、芳しい花は散り尽くしてしまったが、山中の寺では桃の花がようやく満開になっている、というもの。関白・道隆が亡くなったのが四月だったことにちなんでいると思われます。そして斉信が以前、四月に七夕の詩を口ずさんでしまったのを清少納言にからかわれたことを裏返しにして、七月に四月の詩を朗詠しようという斉信のウイットでもあるのでしょう。

この年の、四月の一日頃だったかしら。細殿の四番目の入り口に、殿上人が大勢立ってたけど、一人減り二人減り、だんだんいなくなって、頭の中将・斉信、源中将・宣方、そして六位蔵人が一人だけ残って、いろいろ雑談したり、お経を読んだり、歌を歌ったりして時間を過ごしたの。そのうちに、

「おや夜が明けてしまうね。帰ろう」

って言って、斉信さまが『菅家文草《かんけぶんそう》』の中の七夕の詩、

「露は別れの涙なるべし」

という漢詩の一節を吟じ出した。源中将も一緒に上手に歌い出したので、私、

「これはまた、ずいぶん早い七夕ですこと」

って言ったら、斉信さま、すっごく悔しがって、

「七夕に関係なく、ただ『暁の別れ』というフレーズを、ふと思い出したから口ずさんだだけだよ。白けちゃったな。……どうも、このあたりに来たら、よくよく考えてから発言しないと、すぐにこうやって揚げ足をとられて悔しい思いをするんだよ」

な〜んて言って笑ってたわ。

「ほかの人には言わないでくれよ。絶対に笑われるからね」

なんて言ってるうちに、もう、すっかり明るくなってたので、

「葛城《かつらぎ》の神も、なす術なし、か」

七夕

七月七日は七夕です。中国の牽牛織女のお話と、日本神話の「棚機女」の伝説が合体したもので、「七夕」と書いて「たなばた」と読むのはそのためです。

この日、織部司では五色の絁や木綿を飾った「織女祭」が行われ、また内裏や貴族の私邸でも「乞巧奠」が行われました。これは中国から伝わった祭りで、裁縫染織などはもちろん、管絃などの諸芸が巧みなることを乞い願うものです。七夕祭とも呼ばれましたので、清少納言たちが行ったものもこれだったのでしょう。

って、逃げてっちゃった。

　七夕の時に、このことを言い出そうって思ってたんだけど、そうこうしてるうちに斉信さまは参議に出世なさったの。参議ってったら公卿さまよ。雲の上の人よ。もう七夕だからって気軽に会えるとも思えない。もしダメだったら手紙を書いて、主殿司《とのもづかさ》に届けてもらおうって思ってたんだけど、七月七日においでになったの！　それがすごく嬉しくて嬉しくて。

　あの夜のことを申し上げたら気付いてくれるかな。それとなくほのめかして言い出したら、何のことかわからないな、って首をかしげるんじゃないかしら。そうやっておいて、『暁の別れ』のことを言ってみようっと……なんていろいろ妄想してたのに、斉信さまは、待ってましたとばかりに答えたのよ。ホント、すごいわ。

　私はずっと、「七夕になったら言うんだ」って、そればっか考えてた。自分でも物好きなことだと思うけどね（笑）。それを斉信さまは、当たり前のことのように言うんだからすごい。どうしたらそんなになれるのかしら。あの時、一緒に悔しがってた源中将のほうは、すっかり忘れてたみたいだったけど、斉信さまが、
「ほら以前、『暁の別れ』のことで厳しいダメ出し食らったの、忘れたかい？」

参議は重役級

　藤原斉信が蔵人の頭から、参議（宰相）に昇進しました。この出世は非常に重いもので、ここから斉信は「公卿」になります。公卿は三位以上の位階を持つ者、あるいは参議以上の官職に任じられている者のことで「上達部（かんだちめ）」とも呼ばれました。

　公卿はそれ未満の殿上人・官人たちとは別格の扱いで、「陣定」と呼ばれる国家運営最高会議のメンバーとなります。現代の会社でいえば取締役以上の重役。いままでの一般社員とは桁違いの立場になるのです。

って言うと、

「そうだった、そうだった」

って笑うの。これじゃちょっと面白くないわ。


私は斉信さまと、男女の恋愛話を囲碁にたとえて仲良く話をしたの。「手を許した」とか「結をさした」、「男は手を受ける」なんて、私と斉信さまだけに通じる囲碁用語で話をしたから、ほかの人は何のことやらわからなかったでしょうね。源中将が、

「何それ、何それ??」

って、そばに寄ってきて聞くんだけど、私は何も答えなかった。すると今度は斉信さまに向かって、

「意味を教えてくださいよ〜。ぜひぜひ〜」

って、恨みごとみたいに言うのよ。

二人は親しい仲なので、斉信さまが意味を説明してあげたんでしょう。源中将は、私と斉信さまの親密さを
「おしこぼちの程ぞ（敵味方なし、ノーサイド）」
なんて囲碁にたとえて言う。つまりご自分でも、囲碁用語を使う意味がわかったとい

源中将・宣方

斉信と清少納言が、二人にだけ通じる隠語を駆使して語り合っていることを羨ましそうに眺め、仲間に入りたがっている源中将こと源宣方。この後の『三十の期』の逸話からすると宣方はこの頃アラフォーだったようですが、どうにも切れが良くありません。彼の父親は左大臣の源重信で、なんとこの時期に流行した疫病により五月に亡くなっています。ゆっくりと漢詩のやりとりを楽しむ余裕もなかったでしょうから、うまく切り返せないのも無理はありませんね。

清少納言と宣方は良き凸

うことを私に知らせたかったのでしょうね。

「碁盤はありますか。私も碁を打とうと思うんですよ。手を許してくれませんか。私の碁は、頭の中将と同じくらい強いですよ。差別しないでくださいね」

と言うので、

「誰とでも碁を打つなんて、定目《さだめ》がないってことじゃないでしょうか」

って私、答えたの。そのことを斉信さまにお話ししたら、

「嬉しいことを言ってくれるね」

って喜んでたわ。やっぱり私、過ぎ去ったことを忘れない人が好きだな。

斉信さまが参議になったばかりの頃ね。私が帝の御前で、

「あの御方は、詩の朗詠が大変お上手ですの。『蕭会稽《しょうかいけい》の古廟《こびょう》を過ぎにし』など、ほかの誰もあのようには吟じられないと存じます。参議に昇進なさると、今のようには吟じられないかもしれません。それがなんとも残念で」

と申し上げたら、帝はたいそうお笑いになって、

「少納言がそう言ったといって、あれを参議にするのはやめようか」

なんて仰せられたのも、面白い思い出よ。

凹コンビにみえますが、一六二段で、宣方が弘徽殿女御（公季の娘・義子）に仕える「左京」という身分の低い侍女と交際していることを清少納言がからかうようにたしなめてしまいます。この年の七月、中宮・定子が失意のうちにあった期間に入内した弘徽殿女御に対する複雑な気持ちもあったのでしょう。しかし、それでなくとも左京のことで周囲から笑われていた宣方は「味方だと思っていたのに！」と激怒してしまい、二人の仲はそこで途絶えてしまうのです。

だけど、やっぱり参議になってしまったので、ホント、寂しい思いをしていたの。すると、朗詠では斉信さまに負けてないと自信を持ってる源中将が、気取って朗詠しながら歩くようになった。だから、斉信さまの話をして、

「『未だ三十の期《ご》に及ばず』という詩を、本当に誰も真似できないほど、上手に吟じてらしたわね〜」

って言ったら、

「なんで私がそれに劣りましょうか。いや、優ってるかもしれない」

と吟じはじめたので、

「もう、似ても似つかないですね」

って言うと、

「ひどいことを言う。どうしたら彼のように吟じられるのかなぁ」

だって。

「『三十の期』の部分だけは、なんとも素敵でしたわよ」

ってフォローしたら、悔しそうにしながら笑ってた。

その後、近衛の陣に着座してる斉信さまを、源中将はわざわざ呼び出して、

「少納言がこう言うんですよ。ひとつ私に朗詠を教えてくれませんか」

斉信の参議昇進

清少納言が「気軽に朗詠をしなくなるので斉信を参議にしないでください」と帝に冗談で申し上げると、帝も「なら参議昇進は取りやめにしようか」と笑って答えます。いかにもほのぼのとした軽口会話のような場面ですが、これは現実とかけ離れたフィクションなのです。

この段は、道隆が亡くなった長徳元年（九九五）の話ですが、斉信が参議に昇進したのは翌二年四月二十四日のこと。そしてその日は長徳の変、つまり中宮・定子の兄弟たちが左遷の辞令を受けた当日なので

って頼んだらしいの。斉信さまが笑って教えたとはつゆ知らず、よ。ある時、私の部屋のそばで、斉信さまそっくりの節回しで吟じてる声が聞こえたので、不思議に思って、

「どなたですか？」

って尋ねてみたら、笑い声になって、

「重大な秘密を教えてあげましょう。実はこれこれしかじか。昨日、彼が近衛の陣にいる時に教えてもらったんですよ。だから似てたというわけです。……いやぁ、それにしても、『どなたですか？』なんて、可愛らしい声でお尋ねになりましたねぇ」

なんて言うのよね。

源中将が、わざわざ習ったっていうのが面白かったから、その後は中将が「三十の期」というフレーズを吟じさえすれば、出ていってお話をするようになったの。そしたら、

「これもみな宰相の中将のおかげです。彼の方を向いて拝みましょう」

なんて言ってたわ。

面倒な時は侍女に「少納言さまは中宮さまのお部屋に上がっておいでです」って居

す。

長徳の変の発端となった花山法皇奉射事件で、法皇と伊周が通った相手は斉信の姉妹。法皇は恥だと思って事件を表沙汰にしていませんでしたから、もしかすると道長に事件を通報したのは斉信だったのかも。その論功行賞で参議昇進が決まったと考えるのも、あながち無理なことではないでしょう。

そうすると斉信は定子派にとっては不倶戴天の敵です。このフィクションは、斉信を悪者にしないための工夫なのでしょうか。

留守使わせたけど、中将が「三十の期〜♪」をやり出すと私、「ホントはいます」なんて、つい答えちゃう。中宮さまの御前でこの話を申し上げたら、中宮さま、笑っておいでだった。

宮中の御物忌《ものいみ》の日だったわね。源中将から、右近の将監《しょうげん》・みつなんとかっていう者を使いにして、畳紙《たとうがみ》に書いた手紙を寄こしたの。

「そちらに参りたいのですが、今日は御物忌なので……。『三十の期に及ばず』は要りませんか?」って書いてあるので、その返事に、

「もうその『期』（年齢）は過ぎておいでてでしょ。朱買臣《しゅばいしん》が妻に教え訓した年齢にはまだでしょうけれども」

と書いて送ったらまた悔しがって、そのことを帝に申し上げたんだって。そしたら帝が中宮さまのほうにおいでになって、

「少納言はどうして、そんな故事を知っていたのだろうね。『朱買臣は三十九の年に妻を訓したのです』と宣方が言ってね、『また、やられてしまいました』だそうだよ」とおっしゃったそうよ。それにしても、源中将って人は、なんとも変わった人だと思ったわ。

朱買臣（しゅばいしん）

源中将のお気に入りとなった『三十の期に及ばず』の元ネタは、『漢書』朱買臣伝にある逸話です。貧しい朱買臣が妻に「私は四十歳になったら金持ちになるのでしばし待て」と諭すと妻は待てないと答え、離別したというのです。宣方によればこれは朱買臣が三十九歳の時のことだそうです。『漢書』には四十九歳とあるのですが『古注蒙求』には三十九歳と記されます。生年が明らかな宣方の兄弟の年齢からして、ここは三十九歳説が語られたのが正解と思われます。

第一六六段　近いようで遠いもの　「近うて遠きもの」

近いようで遠いもの。宮咩祭《みやのめのまつり》（十二月午日と一月午日で近いのよ）。愛情のない兄弟の仲。そう、親戚ってやつもね。鞍馬《くらま》の九十九折《つづらおり》という道。大晦日と元日の間（まるっきり雰囲気が変わるのよ）。

第一六七段　遠いようで近いもの　「遠くて近きもの」

遠いようで近いもの。極楽。船でいく旅。男女の仲。

第一七七段　マイホームを持つ幸せ　「六位の蔵人などは」

六位蔵人なんかは、あんまり五位になろうと思わないほうがいいわよ（蔵人やめたら、帝の御前から去らなきゃいけなくなるのよ?）。

五位になって、何々国の権の守とか、何々大夫《だいぶ》とかになるじゃない。そうすると、決まって板屋根の狭いマイホームを買うわね。で、垣根も新しくしちゃって、ガレージにマイカーを入れるの。その前にはガーデニングで背の低い木を植えちゃってね。

遠くて近い極楽

遠くて近いものとして「極楽」が挙げられます。これをどう考えるかですが、人生は長そうにみえて短い、あっと言う間にあの世行きよ、ともとれます。あるいは浄土信仰が盛んになった時代なので、一心に念じれば極楽往生は近い、ともとれます。

しかし『枕草子』では清少納言があまり信心深くないことが多く語られます。清少納言は何気ないことでもすぐに感激する、幸せ感度が高いタイプですから、ここは「身近なところに極楽が転がってるのよ」と言いたかったのかも。

牛をつないで草なんか食べさせてる（「課長の幸せ」的な）光景。ああ、イヤったらしいわね。

庭を小ぎれいに掃き掃除して、紫革の紐をつけた伊予簾をかけ渡し、布障子なんか張って、狭い部屋のインテリアに凝っちゃうの。で、夜は「門の警備を厳重にせよ」なんて偉そうに命令してる。こんな小さな家で得意がっちゃって、もう先行きも知れたものよ。

そんな安っぽい新築一戸建てを買おうとしないで、まずは借家からよ。親の家とか舅の家はもちろんだけど、叔父さんとかお兄さんなんかの家で、今空き家になってるのとか、住む予定が当面ない家に住んだらどうなの？

友達が国司になって地方に赴任してる場合は、その人の家が空家になってるはずよ。そういうの借りりゃいいじゃない。そうでなきゃ、上皇さまとか宮さまのお子さままで、屋敷をたくさん所有している人のところっていう手もあるわ。

ともかくよ。五位になって慌てて家を買うんじゃなくて、もっといい役職の本省勤務になってから、ゆっくりといい物件を探して買うほうがいいわね。

受領はもうかる

蔵人をやめて受領（国司）になり、小金を貯めてマイホームを建てるような小市民的な幸せを笑う段です。帝のお側に仕える蔵人を自ら辞める行為は、清少納言には信じられない愚かな所業だったのでしょう。

しかし受領がもうかる役職だったのは事実。国司は一定額の税を朝廷に納入しさえすれば、ほかはやりたい放題でした。『今昔物語』に登場する「受領は倒るる所に土を掴め」と叫ぶ信濃守・藤原陳忠のように、国司が私腹を肥やす話は枚挙に暇がありません。

第一八一段　雪夜の楽しみ

「雪のいと高うはあらで」

雪はね、そう高くじゃなくて、うっすらと積もった風情がいいわね。雪が高く降り積もった夕暮れの縁側近く、仲良しの友達と二、三人で、火鉢を真ん中にしておしゃべり。そうこうするうちにすっかりあたりは暗くなったけど、庭に積もった雪が白くて明るいから、近くで灯火をつけないの。火箸で灰なんか掻きまわしながら、じーんとくる話、笑っちゃう話、あれこれ語り合う時間は楽しいものよ。

宵も過ぎたかなっていう頃に、靴音が近づいてくるので、誰かしらと外を見てみると、こういう状況の時に、時々ひょいと現れる男の人なのね。「今日の雪をどうご覧になっておいでかと考えていたのですが、いろいろと野暮用があって、今までそこで時間をつぶしてしまって……」なんていうご挨拶。まるで平兼盛の

山里は　雪降りつみて道もなし
けふ来む人を　あはれとは見む

っていう歌の「今日来む」みたいなことを言うのね。昼間の出来事からはじめて、いろんなことを話したわ。

平安時代の不動産

律令制での不動産売買は、売買当事者間での合意が成立すると、司法書士のような「保人（ほにん）」が役所に届け、許可を取り「公験（くげん）」の交付を得て証明しました。平安時代になるとこの制度が衰退。当事者間の合意に私的な証人が連署した売り渡し証文をもって所有権移転となりました。この証文を「沽券（こけん）」と呼びます。「沽券に関わる」という言葉は、ここから来たといわれます。

しかし沽券には公的な証明がないため、所有権移転の履歴を書いた書類も添付したそうです。

さぁどうぞって円座をさし出したけれど、縁側には上がってこないで、片足を下に垂らしたままなの。夜明けの鐘の音が聞こえるまでいたけど、内側の女房たちも、外にいる男も、いくら話をしても飽きない楽しさだったわね。夜が明けないうちに帰りますと言って男は帰っていった。

「雪、ナントカ山に満てり〜」

って朗詠しながら去っていったのは、すっごく洒落てたわ。

女子だけだったら徹夜で語り合うなんてしないけど、一人男が入ると、いつもより話に花が咲いて、色気のある時間を過ごせたのが良かったわねって、その後は女子トーク全開よ。

第一八二段　火鉢の煙はどこから?　「村上の先帝の御時に」

村上の先帝の御代のこと。月が明るい夜だった。雪がすごく積もったのを、様器《ようき》（儀式用の食器）にお盛らせになって、そこに梅の花を挿して、

「これを題にして歌を詠め。さぁどうする?」

と、兵衛の蔵人という女官に賜ったの。兵衛の蔵人は、

平兼盛の和歌

訪問者の「今日の雪をいかにと思ひやり……」という言葉に、清少納言は「『今日来む』などやうのすぢ」とピンと来ます。これは後に『拾遺和歌集』にも載ることになる、平兼盛の歌にからめた言葉だと気がついたというのです。歌人として知られた平兼盛は正暦元年（九九一）の没ですから、清少納言と同時代を生きた人ということになります。

古代中国の漢詩からつい最近の和歌まで、平安貴族たちの教養守備範囲は広く、清少納言も堂々伍していたということです。

「雪月花の時……」

と申し上げた（『白氏文集《はくしもんじゅう》』の「雪月花時最憶君」つまり、君を最も大切に思っておりますっていう意味ね）。帝はたいそうお誉めになって、

「歌など詠むのは世の常のこと。こういう、状況にピッタリの言葉をとっさに言うことは、なかなかできないことだ」

と仰せられたということよ。

その兵衛の蔵人をお供にして、ほかに人がいない殿上の間に帝がたたずんでいらっしゃった時、火鉢から煙が立ち昇ったのをご覧になって、

「何の煙か見て来なさい」

って仰せになったところ、兵衛の蔵人はすぐに見に行って戻ってきた。そして
「わたつみの　沖にこがるるもの見れば
　あまのつりして　かへるなりけり」

（海の沖に漕いでいるものは何かと見てみれば、海士《あま》（漁師）が釣りをして帰るところでした）

と申し上げたんだって。いいじゃない～（「漕がる」と「焦がる」を掛けたわけね）。

村上天皇の御代

清少納言の時代から五十年ほど前の話。帝の問いに対して女官が漢詩を使って答えます。梅という舶来の花だったからこそ漢詩だったのかもしれません。男子の教養とされた漢詩を、女子が見事に使いこなした逸話を清少納言は喜んで記すのです。その女官はまた和歌も見事に詠み上げます。まさに和漢両道の才女だったわけで、これは清少納言の理想だったことでしょう。

村上天皇の御代（九四六～九六七）は「天暦の治」と呼ばれ、天皇親政により理想の政治が行われた聖代として後世、仰ぎ見られま

……で、実際何の煙だったかといえば、カエルが火鉢に飛び込んで焦げちゃった、ということだったそうよ（海士帰るとアマガエルも掛けていたわけ。やるわね～）。

第一八四段　清少納言のウブな頃

「宮にはじめて参りたるころ」

（これはアタクシ清少納言の、まだウブな時代のお話デス）

中宮さまの御所にはじめて上がった頃は、ともかく恥ずかしいこと数知れずで、泣きたいほどだったから、毎晩御前に上がると、三尺几帳《きちょう》の後ろでおとなしくしてたの。中宮さまがお気を使ってくださって、絵なんか取り出してお見せくださるんだけど、私、手をさし出して受け取ることすらできない情けなさだったっけ。

「これはこういう絵です。あの絵はね、……この絵はね」

って、あれこれおっしゃってくださるの。間近の高坏《たかつき》に灯した明かりで、中宮さまの御髪の毛筋が、昼間よりもかえってはっきりと見える。私、恥ずかしいのもこらえてじっと拝見したものよ。すっごく寒い季節だったから、中宮さまが袖口から少しだけ出しておいでのお手が、匂うばかりに美しい薄紅梅色なの。本当になんというお美しさなのだろう。まだ宮中に慣れていない田舎者の私は、心の中で

（こんなお美しい方がこの世にいらっしゃったのね）

した。

また平安文化が大きく開花した時代ともされ、『源氏物語』に描かれる世界もその時代に仮託しているといわれます。『枕草子』二三段では、村上天皇と宣耀殿（せんようでん）女御との『古今和歌集』暗記クイズ合戦に関する逸話が中宮・定子から語られ、女性の教養は「手習い（習字のこと）・琴の演奏・古今和歌集の暗記」であると紹介されます。

まさに女流文学の幕開けとなった時期といえるでしょう。

と、新しい大発見をした気持ちで、じっと拝見申し上げたわ。

夜が明けると、私は一刻も早く自分の部屋に下がりたい気持ちだった。でも中宮さまは、

「葛城の神さまも、しばしお待ちを」

って引き留めてくださる（容貌がブサイクなので夜だけ働いたという一言主神《ひとことぬしのかみ》に、私をなぞらえておっしゃったわけよ）。そのとおり、正面どころか斜めからも見せられるご面相じゃない私は、顔を伏せたまんま、しかも雨戸の蔀格子《しとみごうし》も開けないままでいたわ。係の女官たちが来て、

「どうぞ御格子、お開けくださいませ」

って声をかけるもんだから、中にいる女房たちが開けようとしたけど、中宮さまは、

「まだですよ」

とおっしゃったので、女官たちは笑いながら帰っていったっけ。

中宮さまは、いろいろと私にお尋ねになったり、ご自身でお話をなさったり、かなり長い間おしゃべりをされた。そして、

「自分の部屋に帰りたくなったのですね。では、お開きにしましょう。夜になったら

高坏（たかつき）の明かり

当時、夜間照明はささやかなものだけ。本を読む時などは、料理を乗せる「高坏」を逆さまにして安定させ、そこに灯明皿を置いて火をともしました。これならば手近な照明になります。

早く来るのですよ」

っておっしゃってくださった。私は膝歩きで退出したけど、そのスピードが遅く感じたっけ。待ってましたと蔀格子が開けられると、外は雪が降ってたわ。登華殿の前庭は立蔀《たてじとみ》に近いから狭いの。雪が間近に見えて、とっても風情があったなぁ。

その日の昼頃になって、中宮さまから
「今日は今からまた来なさい。雪ぐもりですから、そんなに顔も見えないでしょ？」

って、何度もお呼び出しがあったの。この控え部屋の主である先輩女房の人も、

「そんなに引き籠もってばかりで、まぁ見苦しいこと。こうして何度も気安くお召しがかかるっていうのは、中宮さまがあなたのことをお気に召されているっていうことですよ。思し召しに従わないのは悪いことです」

って、盛んにせきたてる。私はといえば、ただもうオロオロするばかりで、どう対応したら良いのか全然わからず、あれは苦しかったなあ。仕方なく部屋を出ると、かがり火担当の衛士の詰め所「火焼屋」の屋根に雪が積もってた。見慣れない光景だったから、面白く眺めたわ。


中宮さまの御前近くには、いつものように火鉢の火がたくさんおきてた。そのあた

葛城（かつらぎ）の神

『扶桑略記』によれば、文武天皇の時代の修験者・役行者に使われていた一言主神（ひとことぬしのかみ）は金峯山と葛城山の間に石橋をかける仕事をさせられます。しかし夜しか働かないので役行者は「昼にも姿を現して架橋工事をせよ」と迫りました。しかし一言主神は自らの醜さを恥じて言うことを聞かず、結果として石橋は完成しなかったという伝説があります。そこからおブスちゃんを「葛城の神」と呼ぶことが流行し、そちら側のお顔であったらしい清少納言のあだ名に。百六十一段

りは、わざとほかの人を遠ざけてくださってたのね。中宮さまは、梨地蒔絵《なしじまきえ》の沈香《じんこう》製の火桶の前に座っていらっしゃったっけ。上役の女房はお給仕をして、そのままお側に控えてた。次の間の長火桶のまわりには、たくさんの女房たちが隙間なく座ってた。彼女たちは唐衣を肩から落としてゆったりと着こなしてて、それがいかにも場慣れした雰囲気に見えて、羨ましかったなぁ。中宮さまのお手紙を取り次ぐとかなんとか、忙しそうに立ち歩いて行き交う姿は、少しも畏まった様子なんかなくて、楽しそうにおしゃべりしたり笑ったりしてる。

『ああ、いつになったら私もあんな風に、みんなの仲間になれるんだろう』って思えば思うほど、気後れしちゃったものよ。部屋の奥のほうに三、四人集まって、絵とか見てる人たちもいたっけ。

しばらくして、先触れの高らかな声が聞こえてくると、女房たちは「きゃっ！　関白さまがおいでよ！」って、部屋の中に取り散らかしたものを急いで片付けはじめた。私は何をどうしていいのかわからないから、奥へ引っこんだの。……でも、やっぱり気になるじゃない。几帳の切れ目から、そっと関白さまを覗き見してみたわけよ。

（170ページ）でも斉信が「葛城の神」にからんだ発言をしています。

清少納言が宮仕えを退いた後の『拾遺和歌集』には、「岩橋の　夜の契りもたえぬべし　明くるわびしき　葛城の神」という小大君（こおおきみ）の歌が載っています。おブスだから夜しか会わないのか、夜しか会わないから葛城の神なのか。中宮・定子の真意はわかりませんが、一〇九段（110ページ）でも、おブスは夜だけ、というような話が載っていますから、清少納言としては前者の解釈をしたのかもしれません。

おいでになったのは、関白さまじゃなくて、中宮さまの御兄君、大納言・伊周さまだった。お直衣《のうし》姿、指貫《さしぬき》の紫色が雪に映えてなんとも美しい。柱のそばにお座りになって、

「昨日今日は物忌《ものいみ》でしたけれど、雪がすごく降るので、ご機嫌伺いに参りましたよ」

なんておっしゃってる。中宮さまが、

「『道もなし』というほど、積もっていましたでしょ。どうしてまた？」

とお聞きになると、大納言さまはお笑いになって、

「苦労してよく来てくれたと、『あはれ』に思ってくださるかと思いましてね」

ですって（これって、問いも答えも平兼盛の歌にちなんだものよ）。いやもう、お二人のご様子の素晴らしいことといったら、ほかに比べようもないほどね。物語なんかで登場人物を、フィクションならではの大げさな表現で誉めてたりするけど、本当にそういう人たちが実在するのねって思ったわ。

中宮さまは、白い御衣を重ねた上に、紅の唐綾を着重ねていらっしゃる。その御装束に御髪がサラサラとかかった御姿の美しさ！　こんなの、絵では見たことあるけど、現実世界では見たことがなかったから、もう夢心地よ。大納言さまは女房たちと冗談話をしていらっしゃる。女房たちも遠慮なしに普通に受け答えをして、ふざけたお言

冠直衣（かんむりのうし）

大納言・伊周は直衣を着て指貫をはいた姿。冬の直衣は「表が白」と決まっていました。指貫は若いほど赤みの強い紫を用います。この時、伊周は二十歳ほどですから、かなり華やかな色の指貫だったはず。直衣の白との組み合わせはいかにも優美であったことでしょう。

ここは宮中ですので、本来は位階によって色彩の違う、正式な「位袍」を着なければなりませんが、エグゼクティブのみ帝の勅許を得て、普段着の直衣で参内できました。

葉には臆することなく批判したり反論したりしてる。その光景は目がくらむほど華やいで、几帳のかげから拝見してるだけで興奮で顔が赤らむくらいだったわ。

　大納言さまのためにフルーツが出されてワッと座が涌き、中宮さまもお召し上がりになってる。その時、大納言さまが、

「おや？　几帳の後ろにいるのは誰かな？」

とお尋ねになってるようなのよ。女房たちが私の名を言っているみたい。大納言さまは、すっとお立ちになると歩きはじめられたので、よそにお出かけになるかと思ったら、なんと私のすぐそばにおいでになって、私にお話しかけになるの!!　宮仕えする前からの私の噂話を

「本当にそんなことがあったの？」

なんてお聞きになるのよ。

　几帳を隔てて遠くから拝見するだけでも恥ずかしかったのに、こんなサシの状態で大納言さまとお話をするなんて、とても現実とは思えないわ。以前は帝の行幸行列なんかを見物する時に、大納言さまが私の乗った車の方を少しでもご覧になると下簾で窓を隠し、シルエットだけでも恥ずかしいわと扇をかざして誤魔化していたほどだったのに。宮仕えしようなんて思いついちゃったから、こんな分不相応なことになって

この場合は烏帽子ではなく冠をかぶりますので「冠直衣」姿と呼び、帝に信頼されていることを表すシンボルでもありました。

冠直衣姿

しまったのね。どうして宮仕えなんかしちゃったのかしらと、冷や汗が流れてまともに受け答えもできないの。

　ただひとつの頼りとばかり扇で顔を隠していたら、大納言さまったらその扇も取り上げてしまわれるの。額に垂れた髪はさぞや見苦しいことでしょう。そんな思いでオロオロしている姿もご覧になっておいでなのね。ああ恥ずかしい。早くあっちへ行ってくだされぱいいのに。でも大納言さまは扇をおもてあそびになって、

「この扇の絵はだれの作品かな」

なんておっしゃって、なかなか立ち去ってくださらないの。もう、顔に袖を当ててうつむくばかりだったわよ。唐衣に顔の白粉《おしろい》がついちゃって、きっと顔がまだらになってたでしょうね。

　大納言さまがあまりにも長く私のそばにいらっしゃるから、さぞや私が困っているだろうと中宮さまはお察しくださったみたい。

「これをご覧くださいな。これは誰が書いたのでしょう？」

なんて助け船を出してくださったの。でも大納言さまは、

「こっちに持ってこさせてくださいませ。ここで拝見しましょう」

なんておっしゃる。中宮さまが

几帳（きちょう）

寝殿造りは壁の少ない開放的な構造でしたから、間仕切りとして屏風を立てたり「壁代（かべしろ）」と呼ばれるカーテンのような布を垂らしたりしましたが、その中でも、移動も容易で簡便な「几帳」はもっとも多用されたものでした。

　几帳はT字形の柱に帷（かたびら）という布をつけて垂らすもので、三尺・五尺などさまざまなタイプがあります。帷の縫い目には、ところどころ縫い残した「ほころび」を作ります。通風の意味もありましたが、女房たちは几帳の後ろに隠れて「ほころび」から覗く、

「いえ、こちらへどうぞ」
とおっしゃっても、大納言さまは
「この人が私をつかまえて、立たせてくれないんですよ」
だって。その若々しい色気のあるお言葉。私なんか、お相手になる可能性ゼロじゃないの。ああ恥ずかしいわ。

中宮さまが、草仮名で書かれた草子なんかを取り出してご覧になると、大納言さまは
「それは誰の筆跡ですか？　少納言にお見せになってくださいな。彼女は世の人々の筆跡をすべて知っているんですから」
なんて、ムチャクチャおっしゃるの。つまり、なんとしてでも私に何か答えさせようとされてるのね。

大納言さまお一人だけでも困っているのに、また先触れの声がして、同じように直衣をお召しになった人（後からわかったけど、関白・道隆さまよ）がおいでになった!!　この人は大納言さまよりもさらにお陽気で、冗談ばっかりおっしゃるの。もうみんな爆笑につぐ爆笑よ。女房たちも

ということをよくしました。
原文でも「御几帳のほころびよりはつかに見入れたり」とあり、清少納言もほころびから伊周の姿を覗いていたことがわかります。

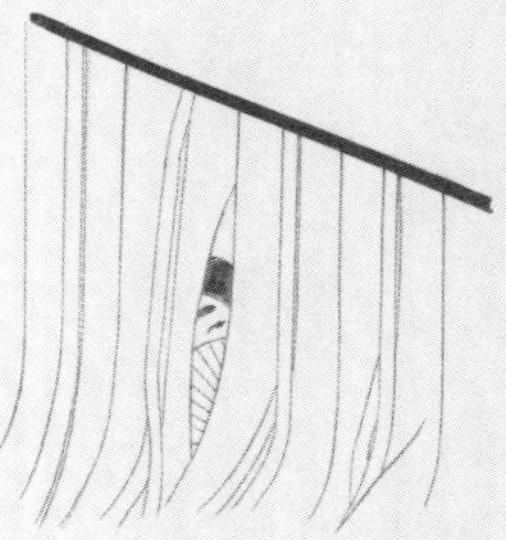

「誰それがこんなことをしましてね」

な～んて、殿上人の噂話なんかを気軽に申し上げてる。それを几帳の陰で聞いてると、これはもう人間世界のものとも思えない。天人たちが舞い降りて来た光景なんじゃないかしらと思うばかりだったわ。


……でも、宮仕えにも慣れて日々を送った後は、そこまでは思わなくなるものね。こうして今、私が見てる女房たちも全員、自分の家をはじめて出た時は私と同じような思いだったことでしょう。そしてやっぱり私みたいに驚いたり感激したりしながら、やがては慣れてゆくのでしょう。

中宮さまとお話ししている時、ふと、

「私のことを大切に思っていてくれる?」

とお聞きになったの。私が、

「どうしてそんな……。当たり前のこと……」

ってお答えしかけた時、台所のほうで誰かの大きなクシャミの音。すると中宮さま、

「ああ、がっかり。ウソを言ったのですね。はいはい」

っておっしゃって、そのまま奥に入ってしまわれたの。

関白

『枕草子』では陽気なおじさまとして描かれる関白・道隆。しかし歴史書では強引で狭量な独裁的政治家としても描かれています。それが可能だったのは、関白に強大な権限が集中していたから。

平安前期の陽成天皇の御代にはじまったとされる関白は、政治を「あずかり申す」という意味で、成人した天皇の政治顧問という立場でした。律令で定められていない「令外官」でしたから、原則として太政官の会議に出席することはありませんが、太政官の決議を天皇に奏上する前に見て適

どうして……。ウソではありませんん。本当に心から大切に思っておりますのに。あのクシャミの鼻がウソをついているのです……って思ったわ。それにしても一体誰があんな憎ったらしいことをしたのかしら。大体ね、クシャミなんて良くないものだと心得てるから、私は自分がクシャミしそうになった時も、一生懸命我慢してるわよ。それなのに、あんな大事な時にクシャミするなんて、特別に憎ったらしいじゃないの!! ……とはいうものの、新参者の我が身。何も申し上げられないまま、夜が明けたので自分の部屋に下がったの（とほほ）。

そしたらすぐに、淡い緑色の薄紙の、美しい手紙を「これを」と届けてきた。急いで開くと中に、

「いかにして　いかに知らまし偽りを
　空にただすの　神なかりせば

（どのようにして真実を知ることができるでしょう。空に糺明の神さまがおいでにならなければ……。いえ、賀茂に糺の神さまがおいでです。真実は明らかですよ）

という、中宮さまのお気持ちでございます」

と、書いてあった。有り難いという気持ちと、悔しい気持ちがないまぜになって、思いは乱れるばかり。そう思えば一層、昨夜のクシャミの犯人を捜して文句を言ってやりたいものよ。

否の判断をすることができたので、実際には関白の考えがそのまま天皇に伝わることになったのです。

道隆は内大臣の時代に関白になっています。この時、上司として、左大臣の源雅信（道長の舅）、右大臣の藤原為光（斉信の父）がいましたが、関白の道隆は彼らを飛び越えたフリーハンドの権力を得たことになるのです。

この段の時期には内大臣を辞任して関白職に専念していますが、藤原氏一族のトップ「藤氏長者」の立場はしっかり握っていました。

「うすさ濃さ　それにもよらぬ花ゆゑに
　憂き身の程を　見るぞわびしき
（思いの濃い薄いに関係ない花（鼻）のせいで、ウソと思われてしまう我が身の不幸を見るのが悲しいです）
どうぞ、この思いだけはお伝えくださいませ。陰陽師の使う式神が恐ろしゅうございますので」
っていうお返事を差し上げたけど、その後も、どうしてあんなタイミングでクシャミの音が出てきたのかしらと、思えばつくづく残念だったわ。
（ま、私にもこんな新人時代があった、ということで）

第一八六段　出世はいいものね
「位こそなほめでたき物はあれ」

官位というものは、なんといっても素晴らしいものよ。同じ人でも、「大夫《たいふ》の君」とか「侍従の君」なんて呼ばれてた頃はすっごく軽く見られてたけど、中納言・大納言・大臣などに昇進すると、それはもう意識しないでも、やんごとなく思えて仕方がないわ。
受領（国司）階級の中流貴族でもそうね。全国各地の国司を歴任して、やがて太宰

色紙
平安時代、紙は貴重品でした。宮中の紙は「図書寮」に属する「紙屋院」が製造し、また回収して漉き返して使っていました。カラフルな紙もあり、『枕草子』でも一本に二二段に「薄様色紙は白き、紫、赤き、刈安染、青きもよし」とあります。「薄様」は薄い紙のことで、クワ科のコウゾではなくジンチョウゲ科のガンピで漉いた「雁皮紙」が用いられることが多かったようです。
当時、紙が特別な存在だったからこそ、「神」に掛けた歌も詠まれたのでしょう。

の大弐とか、四位・三位などに昇進すれば、公卿たちも一目置く存在になるらしいわ。

　でもね、そういう意味では女子はつまんないな。宮中で、帝の御乳母を勤めると、典侍とか三位なんかになれるのはいいわね。でもそうはいっても、歳とっちゃった後に偉くなって、どれほどの価値があると思う？　それに、そういう風になれる女子は、ほんの一握りよ。世間一般的には、国司の奥さまになって任国へ下るのが、中流貴族女子の最高の幸せって言われて羨望の的よ。でもどうなの？　中流貴族の娘が公卿さまの奥さまになって、その公卿さまの姫君が御后さまにおなりになったりするほうが、女の幸せの頂点なんじゃないの？（中宮さまのお母上、高内侍こと高階貴子さまは、まさにその例なのよ！　わかる？　帝の義理の祖母になれる可能性があるのよ！）

　でもやっぱり出世というのは、男が若いうちにするのが素晴らしいのよね。お坊さんになって、何のなにがしと法名を言い回ってる人がいるけど、あんなのどれほどのことなの？　お経が上手に読めるイケメン僧侶になったって、せいぜい女房たちにからかわれておしまいよ。……でもま、お坊さんでも「僧都《そうず》」とか「僧正《そうじょう》」とかまで出世できれば、まるで仏さまが現れなさったかのように、みんなから畏れ敬われるってのは、ほかにはたとえられないわね。

名目上の乳母

乳母は大切な役目。一条天皇の第二皇子、彰子が産んだ敦成親王の「産養」で「乳付役」の橘三位（橘徳子）に引き出物が与えられた場面の絵が『紫式部日記絵巻』にあります。「乳付役」というのは新生児に最初に乳を与える役ですが形式的なもの。

　橘三位は一条天皇の乳母をつとめた人ですから実際にはお乳は出ません。現実的な乳母は若い人が担当しました。備中守・橘道時の娘で、蔵人弁・藤原広業の妻である「大左衛門のおもと」が実際の乳母になったようです。

第一九五段　言葉づかいって大事

「ふと心劣りとかするものは」

「あら幻滅だわ」って思うもの。男でも女でも、言葉づかいが汚いっていうのは、あらゆる意味で最悪。単語の使い方ひとつで、その人がバカにも見えるし、上品にも下品にも見えるのよね。あれってどうしてなのかしら。……そういう私だって、偉そうなことは言えないわよ、ええ。だから言葉の善し悪しを論じるなんてできる立場じゃない。ただ、ほかの人は知らないけど、私が考えてることを言ってるわけ。

下品な言葉も良くない言葉も、そうと知りながら、わざと使ってるケースはいいのよ。そうじゃなくて、普段使ってる品のないタメ口を、正式な場でもそのまま平気で使ってる、そういうのがダメだって思うわけ。

あ、それからね。正しい言葉づかいを知ってるはずの年寄りや男の人なんかが、わざと変な、田舎の方言みたいな言葉づかいをするのも、イヤったらしいわね。良くない言葉や下品な言葉を大の大人が平気で使っているのを、若い人が顔をしかめて聞いてる、なんて光景もよく見る。あったり前よ。

例を挙げるわね。どういうことを言う時でも、「そのことさせんとす」「言わんとす」

僧侶の階級

僧侶を比較的軽く見ている清少納言ですが、「僧都」や「僧正」は素晴らしいと褒めています。これらは僧尼を監督する僧官「僧綱（そうごう）」の階級で、大きく律師・僧都・僧正の三つがあり、その中に権官や大小の細分がありました。下は権律師からはじまり、最高位は大僧正です。僧綱は官職ですが、位階に相当するものとして「僧位」もあり、律師は「法橋」、僧都は「法眼」、僧正は「法印」。藤原道長が仏師の定朝に「法橋」位を与えて以来、芸術家にも僧位が与えられるようになりました。

「何せんとす」みたいなことを言う時、「と」を抜かして、「言わんずる」とか「里へ出でんずる」なんて「と抜き言葉」で話すの、あれはダメだわ。もちろん、それを文章に書くのが絶対にダメだなんて、もう、言うまでもないことよ。物語なんかで言葉づかいが間違ってると、話の内容そのものがダメになるわね。作者が気の毒になるわ。

そういえば、「一《ひと》つ車に」って言うべきところを、「ひてつ車に」って発音する人がいるわよね。「求《もと》む」っていうのを「みとむ」って言うのは、わりとみんな普通に使ってるかな。

第一九六段 デートで食事はNG 「宮仕人のもとに来などする男の」

宮仕えしてる女房の部屋に通ってくる男が、その逢瀬の場でものを食べるって、ダメダメな行為よね。食べるほうもそうだけど、食べさせるほうがもっとダメだわ。だって、好きな人に「ね、食べて」なんて心を込めて言われたら、イヤな顔して口をふさぐわけにもいかないじゃない。そりゃ食べるでしょうよ。

深夜に、へべれけに酔っぱらって、行き場がなくなって泊まりに来るようなヤツには、湯漬け一杯たりとも食べさせたくないわね。それを「お前は思いやりがないな」なんて言って離れていったって、それはそれでいいんじゃない？

文字の読みと発音

漢字の文献で伝わった情報は、当時どう読んだのかわからないことも多いのです。平安中期の『和名類聚抄』（源順）の万葉仮名表記などで、なんとか推測できるものもありますが、イントネーションも含めて不明な点も数知れず。室町時代の有職書では「紐」を「ひぼ」と発音表記されていたりしますから、かなり東北地方方言に近い発音であったともいわれます。

それにしましても、現代の大人が「ら抜き言葉」に眉をひそめるようなことが、平安時代にもあったのですね。

御所じゃなくて、自分の家に下がってる時にお勝手から出してくるのはしょうがないわね。でも、それを遠慮なしに食べるってのも、どうかと思うわ。

第二〇〇段　台風の翌日　「野分のまたの日こそ」

台風が去った翌朝って、本当に胸にグッとくるような光景ね。立蔀《たてじとみ》とか透垣《すいがい》とか、庭のエクステリアがみんな倒れちゃってる。花壇はメチャクチャ、大きな木が何本も倒れてるわ。風で枝が折れて、萩や女郎花なんかの植え込みの上に倒れてしまってるのは、想定外でガッカリ。格子のすき間ひとつひとつに、ご丁寧に木の葉を吹き入れてるなんて、あの荒々しい台風の仕業とは思えないほどね。

色のくすんだ、すごく濃い紫色の衣に、黄朽葉色の織物とか、透けるような薄物の小袿《こうちぎ》を重ねて着たすごい美女。昨日の夜は、風の音が凄くて寝られなかったのかしらね。今朝はすっかり寝過ごしたみたい。奥の部屋から這うように出てくると、風で髪が吹き乱されて、膨らんだようになって肩にかかるの。もう、最高に美しいわ。

その美女がね。嵐の後の「もののあわれ」を感じる光景を見て、『古今集』にある

湯漬け・水飯（すいはん）

簡単な食事の代表が「湯漬け」、文字どおりお湯をかけただけのご飯です。平安時代、米飯は蒸して作る「強飯（こわいい）」と、鍋で煮る「姫飯（ひめいい）」がありました。姫飯が現代のご飯のことで、粒を残して炊いたものを「固粥」、水分を多くしたお粥状のものを「汁粥」と呼んだようです。『源氏物語』（末摘花）には「さらばもろともにとて、御粥・強飯召して客人にも参り給ひて」と、ブランチにご飯を食べている光景が描かれています。お湯ではなく冷水をかけて食べるのが「水飯」です。

吹くからに　秋の草木のしをるれば
むべ山風を　あらしと言ふらむ

っていう歌を口ずさむのがまた雅だわぁ……って見てると、十七、八歳かしらね。そんなに幼くはないけど、まだ大人になりきってないっていう感じの少女が来たわ。よれよれでほころびた、透けるように薄い生絹《すずし》の単《ひとえ》の上に、吹き込んだ雨で少し濡れてる薄紫色の寝間着を重ねて着てる。黒髪も美しく、ススキのように髪の末がふんわり。髪の長さは身長くらいかしらね、着物の裾よりまだ長くって、袴の上にサラサラと流れてる。女童や若い女房たちは、キャーキャー言いながら、根こそぎ倒された木なんかを集めて来て、庭のあっちこっちに立てかけてるの。御簾の内側の少女は、そんな外の様子を羨ましそうに見てるわ。御簾に身体を押しつけんばかりにしているその後ろ姿。萌え～。

第二一五段　楽しい遊び　「遊びわざは」

遊びだったらまず小弓、それから囲碁。見かけはよくないけど蹴鞠《けまり》も面白いわ。

薄物の小袿、生絹の単

この段では「薄物などの小袿」「生絹の単」などの衣類が登場します。生絹は精練していない絹糸で織った生地で、サラサラとしているため夏物に用いられました。薄く透ける生地なので上半身はほとんど裸が見えてしまいます。平安時代は現代ほど気にしなかったようですが、『源氏物語』（常夏）では雲居雁の「透きたまへる肌つきなど、いとうつくしげなる」姿を父の内大臣が「いとものはかなきさま」とたしなめているので、品の良いものとはされていなかったようです。

第二一八段　笛なら横笛

「笛は横笛」

笛は、横笛がすっごく素敵。遠くから聞こえてきて、だんだん近くなってくるのがいいわぁ。……で、近かったのがだんだん遠ざかってゆくと、笛の音もかすかになっていくの。これまたいいわぁ。

車の中でも歩きながらでも、馬に乗りながらでも笛は吹けるでしょ。しかも簡単に懐に差し込めて携帯に便利。人目にも立たないわ。横笛ほど、魅力ある楽器ってほかにないと思うのよね。まして、よく知ってる曲を吹いている時なんか、最高に素敵。

明け方に家に帰った男が置き忘れてった、素晴らしい笛を枕元で発見した時も素敵だわ。男が取りに寄こしたお使いに、紙に包んで笛を渡せば、それがまるで公式文書の包み方、「立て文」みたいに見えるのよ。

笙《しょう》の笛は月明かりの夜、車の中で演奏してるのを聞くのがいいな。でも車の中は狭いから、笙は取り扱いが難しいかもね。それから、吹く時の顔がいかがなものでしょう。ま、それは横笛を吹く時も同じで、吹き方次第だけどね。

篳篥《ひちりき》は、ともかくうるさいわ。秋の虫でいえばクツワムシってとこね。ま、あんまり近くでは聞きたくない楽器だわ。それがまぁ下手くそな吹き方をされてご覧なさい

蹴鞠（けまり）

飛鳥時代に中国から伝わったとされる蹴鞠は、貴族階級の代表的なスポーツとして楽しまれました。藤原道長の『御堂関白記』には蹴鞠の記録が非常に数多く、たとえば長保二年（一〇〇〇）二月の日記に「東宮（居貞親王）有弓・鞠事」などとあり、清少納言が書いたように小弓や蹴鞠を楽しんだことがわかります。道長のライバル藤原実資の寛和元年（九八五）の日記にも「於御前終日蹴鞠、秉燭罷出」とあって、お弁当を食べながら夜になるまで一日中、蹴鞠に熱中したと記されます。

な。……でね、賀茂の臨時祭の日に楽人たちが、まだ帝の御前には出てこないで、幕の後ろで演奏してる時ね。横笛の音が美しく、「まぁ素敵」と思ってたら、途中から篳篥の音が加わってきた時の「すさまじさ」っていったらないの。美しい髪の持ち主も総毛立つってものよ。その後ゆっくりと、琴や笛に合わせて楽人が幕の内から歩み出てくるのは、すっごく素晴らしいのよね。

第二二二段　賀茂祭の復路

「祭のかへさ、いとをかし」

賀茂の祭りの帰りの行列がまた、すっごく素晴らしいの。昨日の勅使行列は諸事万端整っていて、広い一条大路もきれいに掃き清められてた。でもメチャクチャ暑かったし、車に日差しが差し込むのがまぶしくって扇で顔を覆ったり、車の中であっちこっち日の差さないほうによけたり。ずっと行列を待ってるうちに、汗もダラダラで大変だったわ。だから今日はすごく朝早くから出かけてったのね。雲林院や知足院なんかのそばに停車してる牛車に飾られてる「葵かづら」が風になびいて見えたわ。

日は出たけど空はまだ曇ってた。いつもは、鳴き声をなんとかして聞こうと、寝ないで待ってるホトトギスなんだけど、今日はまた、大集合してるらしくって、もう、

管楽器

貴族たちが楽しみ、また教養の高さや趣味の良さを示すものとして管絃の演奏がありました。管楽器は比較的小さく持ち運びも楽でしたから、外出時も気軽に携帯して楽しんだようです。

その中で、篳篥だけはやや厳しめに書かれています。篳篥は小さいわりに大きな音を出し、楽曲の主旋律を奏でるもの。笙・龍笛とあわせて「三管」と呼ばれる重要楽器です。そしてその音色は「うるはし髪持たらむ人も、みな立ちあがり」という「いみじき」（すごい）存在だったのです。

そこら中からホトトギスの鳴き声が響いてくる。すごいなぁ、素敵だなぁと思って聞いてたら、季節外れのウグイスが、ホトトギスの鳴き真似でもするみたいに一緒に鳴いてるの。なんだかなぁって思ったけど、これもまた一興かしらね。

行列はまだ来ないのかしらと待ってると、賀茂の御社の方から、赤い狩衣《かりぎぬ》を着た者たちが連れだって来た。

「どうなの？　もう行列ははじまった？」

って聞くと、

「まだだね。いつになるやら」

って答えて、御輿《みこし》を担いでゆくの。斎王さまがあの御輿に乗ってお通りになるのかと思うと、有り難くも尊く見える。でも、どうしてあんな下品な連中が斎王さまのお近くで奉仕するのかと考えると、恐ろしい限りだわ。

「まだ」なんて言ってたけど、ほどなく還御《かんぎょ》になった。女房たちの扇から装束から、みんなお揃いの青朽葉の色で、それがとっても素敵に見える。蔵人所の役人たちは、青色の袍に白襲をほんのちょっと引っかけた姿。まるで、卯の花の垣根を近くで見るみたいな光景よ。ホトトギスがその垣根の後ろにでもいるんじゃないかと思ったわ。

賀茂祭の葵

四月の中の酉の日に行われる賀茂祭は、関係者すべてが冠や衣などにフタバアオイの葉を飾ります。この「葵かづら」は賀茂社の社伝によるもの。ご祭神の賀茂別雷命（かもわけいかづちのみこと）が、成人式の席で天上の父の元に戻ってしまい、再会を願う母の夢の中で「葵かづらで祀って待っていてください」と告げた、という言い伝えに由来しています。このため江戸時代に復興した時に「葵祭」という通称が生まれました。

大勢の見物人が集まる賀茂祭の見どころは、斎王が

昨日の「賀茂祭・往路の勅使行列」では、公達が一台の車に大勢相乗りしてたっけ。二藍《ふたあい》色の夏直衣《のうし》に同じ色の指貫《さしぬき》袴とか狩衣なんかを適当に着て、車の簾も取り外してバカ騒ぎしてた。その同じ公達が、今日は斎王のお供役として正装である束帯《そくたい》姿も美しく、車一台に一人ずつ畏まって収まってる。その後ろに可愛らしい殿上童を乗せてるのも素敵じゃないの。

行列が通り過ぎたすぐ後よ。気分が盛り上がってるのかなんだか知らないけど、我も我もと恐ろしいまでに先に進もうとするのよね。まったく危険極まりないわ。
「そんなに急ぎなさんな」
って扇を差し出して制しようとしても、全然聞き入れない。仕方ないから、少し道が広くなってるところで無理に待機させた。お供の車副《くるまぞい》たちはイライラするみたいで、機嫌悪そう。大渋滞の列の後ろに続く車を眺めてるのがおかしかったわ。

私の車の後ろを、誰かわからない男車がつけて来た。これも非日常的で面白かったけど、道が二手に分かれるところで壬生忠岑の

風ふけば　峰にわかるる白雲の
たえてつれなき　君が心か

紫野の斎院からお祓いのために加茂川に向かう行列、祭当日の賀茂社に向かう行列と、翌日に斎王が上賀茂から斎院に帰る「かえさ」の行列でした。

葵かづら

っていう歌を歌いながら去ってったのは、いかにも風流だと思ったわ。まだ興味は尽きないから、斎院の鳥居の下まで行ってみた。

女官の内侍たちの乗った車なんかは、キャーキャーうるさいから、彼女たちとは別の道から帰った。その道はまさに山里っぽくて風情があったなぁ。うつぎ垣根っていうのかしら、すごく荒々しくって仰々しい垣根があった。枝もたくさん出てたけど、花はまだ咲いてない。つぼみがついてる枝を折らせて、車のあっちこっちに飾らせたわ。昨日からつけてた葵かづらがしぼんで残念状態だったから、これで少しは見栄えがアップしたかしらね。

山道は遠くから見るとすごく狭く見えて、とても車は通れなさそうに見えたんだけど、実際に近づいてみると、案外広いっていうのは面白い発見だったな。

第二二三段　五月の山里

「五月ばかりなどに山里にありく」

五月の頃に山里へ出かけるのは、すごくいい気分よ。草の葉も水も、みんな青く光って見えるの。牛車の窓から上を見れば、生い茂った青葉が延々と続く。そのまま

牛車の車副（くるまぞい）

牛車の進行中には、「車副」と呼ばれる仕丁がついて歩きました。車副の人数は、身分や外出の目的によって決められていました。源高明の『西宮記』によれば、上皇には八人、親王・太政大臣は六人、大臣は四人、納言は二人、参議は一人と記されています。

しかしこれは公式のお出かけに際しての規則で、祭り見物の私的な外出の場合は、あまり気にしていなかったようです。また藤原師輔の『九暦』には大嘗会御禊で参議・藤原師氏の車副が十四人と記されています。

どこまでも行くのよ。下を見ればきれいに澄んだ浅い小川。人が入ると、歩みのままにバシャバシャとしぶきを上げる。なんて素敵な光景なの。

左右の垣根の枝が、進む車の中に窓からさっと入ってくる。急いでつかまえて折ろうとするんだけど、またさっと出てっちゃうのがすっごく残念。車の下で押しつぶされたヨモギの葉が、車輪が回って窓のそばに来るたびにいい匂いがするのも素敵だな。

第二三二段 月夜の水面 「月のいと明きに」

月がすごく明るい夜。牛車で川を渡ると、牛が歩くのに従って、まるで水晶が割れたみたいに水滴がキラキラと散ってくの。あれ、きれいだなぁ。

第二三四段 短いほうがいいもの 「短くてありぬべきもの」

短いほうがいいもの。急いでものを縫う時の糸。庶民の女の髪の毛。娘のおしゃべり。夜間照明の燈台（長いと下暗しになるのよね）。

内侍への嫉妬

祭り見物の帰り道。内侍たちの乗った車は「いとさわがし」なので、これを避けて遠回りして別の道を行く清少納言。内侍たちが大きな声で騒ぐ声が実際に「さわがし」かったのかもしれませんが、清少納言としては「うざったい」気持ちだったのかもしれませんね。『枕草子』に何度も登場する、女官の内侍に対する嫉妬混じりの複雑な感情が、そう思わせたと考えることもできるでしょう。気持ちのざわついた清少納言は、自然の風情に慰めを見い出すのです。

第二三七段 お祭りの日くらい 「よろづのことよりも」

まぁどんなものよりも、ボロっちい車にチンケな装飾をして見物に出かけてくる人ほど、イラつくものはないわ。有り難いお説教を聞く場合なんかは良しとしましょうよ。滅罪のためなんですからね。でも、そんな時だって、あんまりボロだと見苦しいわよねぇ。ましてや晴れのお祭りの日にそんな車だったら、見物に出ていかないほうがいいって思うわ。そういう車は下簾もなくて、中に乗る人の白い単《ひとえ》の袖なんかをダランと垂らした様子なんて、もう貧乏ったらしいったらないわ。

普通だったらね。お祭りの日のために、車の簾も新調するものよ。「これだったら人に負けないかな」って自信を持って出かけるんだけど、自分の車よりもワンランク上の、美しく飾った車を見つけて、「何やってんだ私」ってがっかりしたりするものよ。……それがどう？　ボロ車のまま、平気でやってくる人の神経がわからない。

いい場所で見物したいから朝早くにお供の男どもを急がせて来たら、待ち時間が長いのよね〜。車の中で屈伸運動を繰り返して、暑苦しくてゲンナリしたわ。そのうちに、斎王さまのお供役の殿上人や、蔵人所の官人、弁・少納言といった連中が、牛車

蓬の香り

自然の美しさを描く時、清少納言の筆が光ります。ヨモギの爽やかな香りが伝わってくるようです。ヨモギの葉は平安時代も盛んだったお灸のもぐさに使われます。『和名類聚抄』（源順）には「一名医草」とあり、その薬効が知られていたことがわかります。また草餅につき込んで食用にもなるのはご存じの通り。ただし平安時代の草餅はハハコグサを使ったようですが……。

ヨモギの語源は諸説ありますが、若葉の美しさを讃えた「弥萌茎」ではないかという説が有力です。

を七両八両と連ねて斎院御所の方から走らせてくる。お、いよいよね！　ってわかって、嬉しかったわよ〜。

桟敷席《さじき》の前で見物するのが実に楽しいの。殿上人が何か報告しに来たり、前駆の人たちに水飯を食べさせようとしたりして、桟敷の階段のそばに寄ってくる。それが、今をときめく偉い人の子どもだったりすると、雑役担当の舎人《とねり》が階段から下りてきて馬の口取りをするのよ。いい光景だわ。でも、そうでもない身分の者は、馬を寄せても誰にも相手にされないっていうのは、流石にちょっと気の毒ね。

斎王さまの御輿が前をお通りになると、停めてある車すべてが轅《ながえ》を搨《しじ》から外して下におろし、頭を下げた形になる。御輿が通過すると、やれやれとばかり、一斉に轅を上げる。この光景がまた面白いのよね。……そしてそう、停まってる車の前にほかの車が停めようとするから、厳しく制止すると、後から来た車の供の者が「どうして停めちゃだめなんだ」って言って、無理に停めようとするの。面と向かって言い返さないで、車の主人同士が手紙で交渉し合ってるっていうのが、また面白いのよ。

すき間なくびっしりと駐車してるところに、偉い人の車が、お供の車をぞろぞろ引

桟敷席（さじきせき）
今でも見物の「桟敷席」というものがあります。『源氏物語』（葵）に「所々の御桟敷、心々にし尽くしたるしつらひ」とあるように、自家用の桟敷席を前日までに整え、美しく装飾したようです。今と同じように桟敷での見物は飲食を伴うものでした。
お花見のように酒を飲みながらの見物が普通でしたから、何かというと乱闘騒ぎになったものです。たとえば平安後期の久安六年（一一五〇）四月十五日の賀茂祭で「内大臣桟敷与家成卿桟敷闘乱」と『百錬抄』にあります。

き連れてやってきたわ。「さて、どこに停めるつもりかしら?」って見てると、前駆の者たちがばらばらと馬から下りてきて、停めてある車を片っ端から次々とどけさせて、その後にお供の車まで全部駐車しちゃった。いやもう、まったく恐れ入ったものねぇ。

……で、追い出されちゃった車たちは、轅に牛をつけて、どっかの空いてるところ目指してガラガラと動き出す。その姿はなんとも侘びしいものよ。きらびやかで身分の高そうな車は、あまり厳しく追っ払ったりはされないみたい。

そうかと思えば高貴な人でも、田舎者や下々の者をどんどん呼び寄せて、見やすいところに座らせてやってる人もいるらしいわ(人間いろいろね)。

第二四〇段 中宮さまの餞別 「御乳母の大輔の命婦」

御乳母の大輔の命婦が、日向《ひゅうが》国に下るということでご挨拶に来た。中宮さまは餞別に扇をくだされたの。その扇の片面には、うららかな日差しを受ける田舎の家々の絵。反対の面には、京のどこかの町に、大雨が降ってる絵。そして中宮さまの御自筆で

賀茂斎王

天皇の代替わりのたびに、未婚の皇女の中から一人を選んで伊勢の神宮に奉仕させる斎王の制度。その起源は六七三年、天武天皇が壬申の乱の戦勝祈願のお礼に、皇女・大来皇女を奉仕させたのが初代といわれます。

いっぽう賀茂の斎王の制度は弘仁元年(八一〇)年、嵯峨天皇が薬子の変の戦勝祈願のお礼に、皇女・有智子内親王を斎王としたのがはじまりです。ともに二度と戦乱が起こらないようにとの祈りでもあったのです。「斎宮」と呼ばれる伊勢の斎王が僻遠の地に住んでいたのに対して、「斎院」

「あかねさす　日に向かひても思ひいでよ
　みやこは晴れぬ　ながめすらむと」
（日向の国でも思い出してくださいね。都には心が晴れない思いで、あなたが去っていったことを悲しんで、雨を眺めている人がいるということを……）
って書かれてあったの。もう、心の底からジ～ンと来ちゃった。こんなにもお優しい中宮さまを見捨ててどこかに行ってしまうなんて、私には絶対できないことだわ。

第二五九段　小ざかしいもの　「さかしきもの」

小ざかしいもの。今どきの三歳児。それから、子どもの腹をさすってお祈りしたり、お祓いなんかする女ね。材料をもらってご祈祷用品を作るんだけど、紙をたくさん重ねて、一枚だって切れそうもない、すっごく切れ味の悪い刀で切るのよ。それがお祓い道具だってことで、畏まって自分の口までひき歪めて押し切るの。ノコギリで御幣をかける竹を割ったりして、いかにも神々しそうに仕立てて、御幣を打ち振ってお祈りする様子は、ほんとに小ざかしく見える。

ましてや、

「何の宮さま、どこそこの御殿の若君、大変具合が悪くていらっしゃったのを、ぬぐ

とも呼ばれる賀茂の斎王は「御禊」などで拝見する機会も多かったので、平安京の人々には身近に感じられたことでしょう。

手を洗う斎王

い去るようにきれいさっぱり治して差し上げたのですよ。それでご褒美をたくさんくださいましてねぇ」

とか、

「あの行者、この陰陽師、たくさんの人たちをお召しになったけれど、効果がなかったので、未だにこの婆さんをお呼びになるのですよ。ええ、おかげさまでね」

な〜んて自慢げに話す顔つきも、ええい、小ざかしいわ!


庶民の家の女主人、愚か者。そういう連中が偉ぶって、本当に賢い人に得意げにあれこれ教えたりするのよね〜。

第二六二段 手紙の書き方 「文ことばなめき人こそ」

手紙の言葉づかいが乱暴な人って、ホント、腹立つわよね〜。世間をナメきった感じに、ズケズケと書き流してる言葉づかいの腹立つことといったらもう……。とはいっても、そんなに偉くもない人のところに、あまりにも丁寧すぎる文章を送るのも、それはそれで慇懃《いんぎん》無礼《ぶれい》ってもんよ。自分がもらった場合もそうだけど、ほかの人がそういう無礼な手紙をもらったって聞くだけでイヤな気分になるわ。

陰陽師は科学者

あやしげな女祈祷師が、それっぽいご祈祷セットを調えているのがこざかしいと、手厳しく批判する清少納言。しかしこの時代、加持祈祷のたぐいは立派な医療行為でした。

朝廷では科学技官をまとめて「医陰両道」と呼びました。医師と陰陽師が同等に尊重されたのです。陰陽博士は、天文博士や暦博士、算博士と同じように天体の運行を観察して予測計算をする仕事をしていましたから「科学」の担い手ではありました。このほか宿曜師などもいて、朝廷は占い師だらけだったのです。

大体ね、面と向かっての話でも、世の中をナメた発言を聞くと、

「こいつ、なんでこんなこと言う？」

って、苦々しく思うわ。まして目上の人なんかにそういう発言するようなヤツは、もうホント癪にさわる。……でも、田舎から来た人が、方言でそんな感じに喋るのは、まぁ、愛すべき朴訥《ぼくとつ》さってもんで、いいんじゃないの？


一家の主人に向かって無作法な口を利くのは良くない。それから使用人が自分に「何々していらっしゃる」とか「おっしゃった」なんていう敬語間違いするのも、ダメダメね。自分のことについては「いらっしゃいます」っていう尊敬語じゃなくて、ここに「控えております」って謙譲語に言い直させたくなることが、ずいぶんあるわ。

気軽に注意できる相手なら、

「そんな言葉づかい、不適切で失礼よ。どうしてそんなナメた口を利くの？」

って言うんだけど、言われた相手も、そばで聞いてる人も笑ってるの。いつもこうだから、「あなた、ちょっと気にしすぎよ」って人から言われる。まわりからは「うるさいオバサン」って見られてるんだろうな。

一人称「まろ」

丁寧語に尊敬語、日本にはさまざまな敬語がありま す。貴族たちは自らがへりくだって言う謙譲語も多用しました。一人称「まろ」も謙譲語です。「放る」から出た言葉で、これはウンチのこと。幼児用簡易トイレ「おまる」の語源でもあります。ここから自分を卑下する謙譲表現として「まろ」という一人称が生まれました。やがてこれが愛するものへの通称にもなり、幼名の「蘭丸」や船の「咸臨丸」、城の「二の丸」などの「丸」は、すべてここから来ているのです。

殿上人とか参議なんかのことを、実名をそのまま遠慮なしに口にするのは、すっごく失礼な話よ。女房控室の雑役をしているような者に対しても、実名を呼ばないで、「あの御もと」とか「君」とか呼べば、普段は滅多にそんな呼ばれ方をされていないから、嬉しくなって、呼んでくれた相手をすごく誉めあげるのよね。

殿上人や公達を呼ぶ時は、帝の御前以外では、役職名だけを言うことになってるの(帝の御前で自分のことを呼ぶ一人称は、実名なのね)。仲間同士でだって、帝の御前でどうして「麿《まろ》が」なんて言えるもんですか。「麿」は本来、謙譲語だけど、この場ではそう言わなくてもいいことになってるわけ。

第二六六段　サイテーな婿　「いみじうしたてて婿とりたるに」

最高のおもてなしで迎えられたのに、すぐに通わなくなってしまったお婿さん。舅に出会った時のバツの悪さを考えると、複雑な気持ちになるわ。

ある人が、羽振りを利かす権力者の婿になったのに、わずか一月くらいで通わなくなってしまったの。娘の家では全員が大ブーイングよ。娘の乳母なんかはお婿さんを

秘密にした諱(いみな)

この当時、上司の前での一人称は実名である「諱」でした。諱は目上の人以外には明らかにせず、諱を知られることは、その人に支配されることを意味していました。

後一条天皇の名前「敦成」の読みが「あつひら」か「あつなり」か不明になった時、生母の彰子が「私はアッヒラだとか聞きましたよ」と答えたという話が『中外抄』(藤原忠実談)にあります。

生母ですら我が子の名前の記憶が曖昧なほど、当時は諱をオープンにしていなかったのです。

呪ったりする始末。だけど翌年、そのお婿さんは帝の秘書官、蔵人に昇進したのよね。「何それ。権力者の舅との仲がこんななのに、一体どういうこと？」な〜んて、まぁ噂話が盛り上がったわ。本人の耳にも届いてたでしょうね。

六月に法華八講を開催した家があって、人々がそこに集まって御説法を聴いてたところに、この、蔵人になったお婿さん登場よ。綾の表袴《うえのはかま》、蘇芳《すおう》の下襲《したがさね》、黒の半臂《はんぴ》なんか、すっごく豪華なのを着てた。（つまり、こういうのを用意してくれる家の婿になったってわけね）。

見捨てた女の車の「鴟の尾《とみのお》」に、半臂の緒を引っかけそうなほど、近くを通り過ぎていったけど、それを見る女の気持ちはどうだったのかしら。車のお供をしてる人たちも、事情を知っている者は皆、気の毒がったわ。無関係な他人も、「そんなにも、つれなくできるもんかねぇ」って、後々語ったものよ。

結局ね。男ってものは、愛情とか他人の気持ちを思いやるってことが、そもそもできない生き物ってこと!!

婿の扱い

この時代の結婚は「入り婿」のような形式が主流。婿が出世すれば家が繁栄し子どもたちも幸せになれるということで、迎えた家ではせっせと婿の面倒を見て、出世するように美しい装束を着せて宮中に送り出したのです。

『源氏物語』（末摘花）では極貧の末摘花が、婿としたつもりの光源氏に精一杯の装束を贈ります。それが父の形見である時代遅れの衣であったため源氏から呆れられてしまうのですが、一人前の妻であろうとした末摘花の気持ちは心にしみます。

第二六七段　人生最高の喜び　「世の中になほいと心うきものは」

世の中、何がツライって言って、人から憎まれるってことほど、ツライことはないわね。どんなに頭がおかしくたって、自分から人に憎まれようなんて考えることはないでしょう。だけど、宮仕えの場面でも親兄弟の間柄でも、どうしても人の好き・嫌いって出てしまうのよ。すごく悲しい話だけどね。

身分の高い人の家はもちろん、下々の家でだって、親に可愛がられるような子どもは他人の目を引く存在だし、話題になってチヤホヤされるものよ。見た目のいい子だったら、もちろん可愛がられないはずはないわ。そうじゃない平凡な子でも可愛いく思うっていうのは、親の贔屓目《ひいきめ》っヤツなんだろうなぁって、しみじみ思うわ。

親からでも、ご主人さまからでも、そう、知り合ったすべての人たちからも愛されるってことほど、人生の喜びはないでしょうね。

第二六八段　男って理解不能だわ　「男こそ、なほいとありがたく」

男っていうものは、なんともまぁ実に不思議な存在で、おかしな考え方をするもん

平安時代の美人

どんな時代でも好みの顔、美人の基準は人それぞれ。下ぶくれのお多福顔が平安美人といわれますが、それは絵巻物の影響でしょう。見る人が自由に思い描けるように、わざとああいう顔で描いたのであって、当時の標準美人ではないともいわれます。『枕草子』を見ますと、清少納言はわりと現代と同じような基準です。はしたないこととされたのか、平安時代の文献において、髪の美しさを賛美する以外で顔の美しさを具体的に表現したものは少数です。『大鏡』では村上天皇の女御・藤原芳子が「御目

だわ。超美人を捨てて、ブサイクな女と一緒になったりしてね。宮中に出仕してる男子や、良家のお坊っちゃんは、ありとあらゆる女子の中でも、特に美人を選んで恋愛すべきなの。とても手が届きそうもない高い身分のお姫さまが相手でも、「素晴らしい！」って思い込んだら、もう命がけで思い続けるべきよ。

……ま、そこまでいかなくたって、ちゃんとした家の娘だったら、たとえ顔を見たことのない女子であっても、美人と評判の子を望むべきよね。それなのに、女から見ても「これはブスだわ」っていうような子を好きになるなんて、一体何考えてんだか。

美人で心やさしく、字もきれいで歌も上手に詠む女子が、男の薄情を恨むラブレターを送っても、男は適当に体裁のいい返事を返してくるだけ。全然寄りつかず会いに来ない。可哀想に、その子が泣き沈んでいるのを見捨てて、ほかの女のところに通ってたりするんだから関係ない私まで呆れて腹立つわ。第三者が見ても不愉快極まりないんだから、身内の人間はどんな気持ちかしらね。

やっぱり男ってもんは、人の苦悩というものを理解できない存在なんだわね。

の尻の少し下がり給へる」が可愛らしいと表現されていますので、垂れ目系が人気だったのでしょうか。

平安美人と現代的美人

第二六九段　思いやりのある人　「よろづのことよりも情けあるこそ」

まぁほかのどんなことよりも、思いやりがある人っていいわよね。男はもちろん、女子だってそうよ。ちょっとした何気ない言葉でも、気の毒なことがあれば「お気の毒に……」って口に出したり、可哀想なことがあれば「本当にどんなお気持ちかしら」なんて言ったってことを人から伝え聞くと、直接言われるより嬉しいわ。なんとかしてその人に「お心遣いが身に染みました」って伝えたいって、いつも思う。

必ず心配してくれるであろう人とか、当然訪ねて来てくれるだろうって人が親切にしてくれても、まぁ当たり前ねって感じだけど、そんなことをしてくれなさそうな人が、親身になって話を聞いてくれたり、アドバイスしてくれるのは、嬉しいのよね〜。これって簡単なはずなんだけど、実際にはあんまりないことなのよ。

そもそもね、本当に心が立派な人って、男女を問わず、そうそういないものよ。

（この後、「また、さる人多かるべし」があるの。どっちなの？）

書の名人

手紙は文面に教養や人柄が出ると同時に、書かれている文字の美しさにも品格が表れます。朝廷での仕事においても、読みやすく美しい文字を書くことが必須でした。

日本の書の名人といえば、九世紀の「三筆」は空海・嵯峨天皇・橘逸勢、また清少納言の時代に近い「三蹟」は小野道風・藤原佐理、そして『枕草子』にも登場する藤原行成です。

小野道風は小野篁の孫で、書の技術で内蔵頭まで昇った実務官人でした。唐風から脱却した和様を確立した人物として知られ、空海の

第二七〇段　噂話はやめられない　「人のうへいふを」

他人が自分の噂話をするのを聞いて腹を立てる人ってのは、理解不能ね。どうして噂話が止められましょうかってものよ。自分のことを差し置いて、他人さまの噂ほど、話したくて話したくて仕方がなくなるものって、ほかにある？　まぁ、ひどい言い方になることもあるし、相手が聞きつけて恨みに思ったりすることがあるから、要注意ではあるけどね。

それから、すっぱり縁を切るわけにはいかない相手だと、気の毒だと思って噂話を我慢するわ。そうじゃない相手だから、言いたい放題言って笑ったりしてるのよ。

第二七六段　嬉しいもの　「うれしきもの」

嬉しいもの。まだ読んでなかった物語の第一巻を読んだら、すっごく面白い。続きを読みたいなと思ってたら、うまく第二巻を発見した時。……でも案外と、第二巻が面白くなかったりするのよね、これが。

人が破り捨てた手紙を拾ってつなぎ合わせてみたら、文章の続きが何行もうまくつ

書いた扁額を指して「美福門は田が大きい。朱雀門は米雀門、大極殿は火極殿に見える」と批評したと『古今著聞集』などにあります。

小野道風

ながって読めた時。それから、一体どういう意味なの？　っていう夢を見て、恐ろしさに胸苦しくなってたんだけど、夢判断してもらったらなんでもないとわかった時。

御前に女房たちが大勢並んでる席で、高貴な御方が昔のことや最近の世間の話題を話されながら、私に視線を合わせてくださった時。すっごく嬉しい。

遠方ならもちろんだけど、同じ都の中でも離れたところに住んでいる、私が大切に思う人が病気だと聞いて、「どうなの？　どんな様子？」って心配してたところに、全快したという手紙が来た時も、本当に嬉しいものよ。

自分の恋人が人から誉められたり、偉い人から将来有望と見込まれて、人にもそのことをお話しになったって聞いた時。それから、何かの折り詠んだ歌や、人とやりとりした歌が世間の評判になって、打聞（覚え書き）に記録された時。私はまだそんな経験はないけど、もしそうなったら、さぞや嬉しいことでしょうね。

あまり仲良しでもない人が、私の知らない古い詩や歌を語り出したのを聞く時も嬉しいわ。後で読んだ本の中にその歌を発見した時は、ただもう感激。

物語と文学少女

平安時代の女子たちは物語好きが多かったようです。印刷技術のない時代、第二巻を目にした喜びは想像以上でしょう。

文学少女として知られた菅原孝標女の『更級日記』には、「たくさんの物語をある限り見せてください」と仏様に祈る姿、都に上ってからも物語のことを昼も夜も思い続けた様子が率直に描かれます。上京したおばさんから、仏に願った『源氏物語』全巻と、さまざまな物語をプレゼントされた時は「帰る心地のうれしさぞいみじきや」と素直に記しています。

「これがそうだったのね！」

って思って、聞かせてくれた人を改めて尊敬しちゃう。

高級な「陸奥紙《みちのくにがみ》」、そうじゃなくて普通の紙でも、良い品を手に入れた時は嬉しいな。

憧れの人に歌の上の句や下の句を尋ねられて、すっと思い出した時は、我ながら嬉しくなっちゃう。いつもはちゃんと覚えてるのに、人に聞かれると、すっかり忘れて出てこない、なんて時が多いからね。物を探してる時に、すぐ出てくるのも嬉しいわ。

「もの合わせ」だってなんだって、勝負事に勝った時は、嬉しくならないわけがない。「我こそは」って得意そうな顔してる人を、うまく出し抜いてやった時も嬉しいわね。相手が女じゃなくて男だったりすると、嬉しさ倍増。「必ず仕返ししてやる」って思ってるだろうと、いっつも警戒してるのも面白いけど、相手が無視して平気な顔して、こっちを油断させようとしてるのが、また面白いのよね。

こんなこと考えるとバチが当たると知ってはいるけど……イヤなヤツが不幸な目にあってるってのは、やっぱ嬉しいな（イヒヒ）。

紙の種類

平安時代の紙には、厚手の高級品で「みちのくにがみ」とも呼ばれた「檀紙」、薄手で薄様とも呼ばれた「雁皮紙」、アサを原料にした「麻紙」などさまざまな種類がありました。貴重品だった紙は廃品回収して漉き直します。墨で書いた紙を漉き返すと、だんだんグレーになりますが、そういう紙を「薄墨紙」と呼びました。叙位任官の「口宣案」用紙は薄墨紙を用いることになっており、後には新しく漉いた紙でもわざわざ墨を入れてこの雰囲気を出しました。

何かの折、衣の艶出し「打ち加工」に出して、どんな風になるかしらって思ってたら、美しく仕上がって帰って来るのは嬉しい。挿し櫛を磨きに出して、素晴らしい出来映えで戻ってきた時も嬉しい。こういう例は他にいくらでもあるわよね。

幾日も幾月も、明らかな症状が出る病気を患っていたけど、ついに全快っていうのは嬉しい。それが恋人の身の上なら、自分のこと以上に嬉しいものよ。

中宮さまの御前に、女房たちがびっしり並んでるところに私が遅れてやってきて、仕方ないから少し離れた柱のそばなんかに座ってたら、中宮さまがすぐに見つけてくださって、

「こちらに来なさい」

ってお召しになると、女房たちが道をあけて通してくれて御前近くに上がる時……これこそ嬉しいことよ。

第二七七段　ストレス解消法

「御前にて人々とも、また」

中宮さまの御前で、女房たちと話してる時だったかしら、それとも中宮さまとお話

生地の打ち加工

「きぬ打たせ」が「きよら」になって嬉しい、とあります。これは衣にピカピカの艶を出すために、大きな木槌「砧（きぬた）」で生地を打って光らせる「打ち」加工のこと。光沢を出す方法としてはこのほかに、貝殻で磨いて艶を出す「瑩（みがき）」もありました。

清少納言の時代はそこまで光らせなかったようですが、平安も後期になると派手好みになり、のりを強く利かせて磨くようになり、鎌倉時代には「板引」と呼ばれる特殊な方法が考案され、まるでビニールコーティングのようになります。

しして る時だったかしら。何かの話のついでに、

「世の中に腹を立てたり、面倒になったり、ちょっとの間も生きてるのがイヤになって、どこか遠くへ行ってしまいたい……なんて思う時がございます。でもそんな時、白くてきれいな普通の紙と良い筆のセットとか、白い色紙とか、高級な『陸奥紙《みちのくにがみ》』なんかが手に入りますと、すっかり気持ちが慰められて、

『いいわ、もう少し生きていることにしよう』

という気持ちになります。

それから、青くて目の細かい、厚みのある畳の「高麗縁《こうらいべり》」の白黒あざやかな紋が目の前に広がりますと、

『なんと！　この世もなかなか捨てたものではありませんね』

と、命さえ惜しくなってくるのでございます」

って申し上げると、中宮さまは
「ずいぶんと簡単なストレス解消法なのね。『姨捨山の月』は、どんな人が見るのかしら」

ってお笑いになったの。

（これは『古今集』の「わが心　慰めかねつ更級や　をばすて山に　照る月を見て」ってあるのが元ネタね。「姨捨山の月を見てさえ慰められない人がいるのに」っ

畳の種類

公卿レベルが用いた高麗縁は、白と黒の綾織。高麗縁にも大小の区別がありますが、当時の文献と絵巻物を見ますと、座る人物の身分差というよりも、敷く場所（母屋と廂）により変えたようです。

小文高麗

大文高麗

てわけ)。

お側に控える女房たちも、

「たいそう簡単な息災祈願ですこと」

なんて言ってたわ。


そんなことがあってから、かなり後のこと。面白くない出来事があって自宅に引き籠もってた時、中宮さまが素晴らしい紙を二十帖、包んで送ってくださったの。

「早く参りなさい」

なんて簡単なことはおっしゃらないで
「この紙は、いつか聞いたことを思い出したものだけれど、あまり良い品ではないから、命長らえる『寿命経』は書けないかもしれないわね」

って仰せられたのが、なんとも素敵だったわ。

私自身がすっかり忘れてたことを覚えていてくださってたのよ。普通の人であっても素晴らしいことなのに、相手は中宮さまよ。あだやおろそかには思えないわ。あまりの感激に動揺して、なんとお返事申し上げていいのやら、わからなくなっちゃった。

ただ、

「かけまくも　かしこき神のしるしには

姥捨て山

清少納言の時代から五十年ほど前に書かれた『大和物語』にも登場する、姥捨て山伝説で知られる更級(長野県更科地区)は、悲しい話の内容よりも月の名所として知られました。月の美しさと伝説のわびしさに多くの人が感動したのです。

菅原孝標女の『更級日記』のタイトルは、夫を亡くし、子どもも自立した後に一人寂しく暮らす中で詠んだ「月も出でで闇にくれたる姨捨に　なにとて今宵たづね来つらむ」の歌があることから、後世の人が「更級」と名付けたのです。

　鶴の齢《よわい》と　なりぬべきかな

（畏れ多い神〈紙〉さまのおかげで、鶴のように千年の命を保てそうでございます）

……それでは長生きしすぎでございましょうか、と申し上げてください」

って、お使いに伝えたの。お使いは台盤所《だいばんどころ》の雑仕女《ぞうしめ》だったけど、青い綾織の単《ひとえ》を引出物に与えたわ。この紙を綴じて冊子を作ったりなんかしてると、ホントにイヤなことも忘れて気が紛れる心地になったの。「へぇ～面白いものね」って、内心思ったわ。

　それから二日ほどして、退紅《たいこう》の衣を着た男が畳を持ってきて、

「これをお届けに上がりました」

って言うの。

「あれは誰？　遠慮知らずね」

なんて無愛想に応対したら、その男、畳を置いてそのまま帰っちゃった。

「どこから来たの？」

と召使いの者に尋ねさせようとしたけど、

「もう帰ってしまいました」

って言うことなので、畳を部屋の中にとり入れて見てみると、特別仕立ての「御座」という形の畳で、きれいな高麗縁がついてるの。

綾織（あやおり）

　雑仕女（ぞうしめ）に引き出物として与えた「青き綾の単」。「単」は裏地をつけない衣のことで、この時代は肌着でした。「綾」は綾織です。経緯の糸を組み合わせただけの生地は「平織」、三本以上の経緯の糸を組み合わせた組織で織ったのが「綾織」。綾織は糸の交差が斜線になり文様を織り出すことができます。単の場合、遅くとも平安末期には唐花菱が緻密に組み合わさった「先間菱」文様がポピュラーになっています。この場面での「綾の単」にも同じような文様があったとしたら高級品です。

心の中で、「これは中宮さまからに違いないわ」って思ったけど確証がないから、召使いたちにあの使いの者を捜させたけど、とうとう見つからなかった。不審は残ったけど、とにかく使いが見つからないからどうしようもないの。

「もしも届け先を間違えたのなら、また何か言ってくるわよ。中宮さまの御所に問い合わせたいけど、違ってたら恥ずかしいわよね……。それにしても、こんなオシャレなこと、誰がすると思う？　中宮さまのほかに考えられないわ」って思ったら、おかしくって仕方ない。

その後二日ばかり、配達間違いの連絡もこないから、これはもう疑いの余地はないって思って、中宮御所の「右京の君」のもとに、

「……こういうことがあったのよ。御所で何かそんな気配はなかった？　そっと状況を教えてよ。もしも何もなかったら、私がこんな問い合わせをしたってことを、人には言わないでね」

って伝えさせたの。すると返事が来て、

「中宮さまが、ごくごく内密になさったことよ。絶対に絶対に、私から聞いたとは口になさらないでね」

って書いてあったから、やっぱりそうだったかと、思った通りだったのが嬉しくて、

御座（ござ）

中宮・定子から届けられた高麗縁の畳は「御座といふ畳」でした。御座は天皇の座る「昼御座」のように「貴人のすわる座」という意味ですが、ここでは「薄縁」「薄帖」とも呼ばれる、いわゆる「莫蓙（ござ）」のことでしょう。

現代のゴザと同じように、畳表に使うい草を編んだ薄い敷物ですから、プレゼントとしては厚い畳より適切だと思われます。

『延喜式』で宮中の畳を担当した掃部寮の規則では「夏薄冬厚」とあって、季節により畳の厚さを変えていたようです。

お手紙を書いて、密かに中宮さまの御前の勾欄のところに置かせたんだけど、使いの者が慌てて、階段の下に落っことしちゃったんだそうよ……（泣）。

第二九九段 香炉峰の雪 「雪のいと高う降りたるを」

雪がすっごく積もった日のことだったわ。寒いから昼間なのに御格子を下ろして、火桶に火をおこして、みんなでいろいろ雑談なんかしてたの。

そしたら中宮さまが、

「少納言、香炉峰の雪って、どんなかしら？」

っておっしゃったのよ。

（『白氏文集』に、「香爐峰雪撥簾看」（香炉峰の雪は簾をかかげて見る）っていう一節があるのを中宮さまが思い出されて、謎をかけられたんだって、私、ピーンときたわ）

だから私、御格子を上げさせて、御簾を高く巻き上げてみせたのね。中宮さま、楽しそうにお笑いになったわ。

女房たちにも、

「その漢詩のことは知識としては知っていますし、歌に詠み込んだりもしますけれど、

御簾（みす）

建物の内外、部屋の間仕切りとして用いられたのが、細い竹ひごを編んで作った御簾です。レースのカーテンのように中からは外が見え、外からは中が見えない優れた仕切りでした。二〇一段の「心にくきもの」に「御簾の帽額、総角などにあげたる鈎」とあります。

帽額（もこう）は上部の横長の縁生地の部分、総角（あげまき）は房、御簾を巻き上げて留めるのが鈎（こ）です。

漢詩に詳しい中宮・定子が、同じく漢詩に詳しい清少納言にかけた謎。清少納言は見事に応えました。こ

実際に御簾を巻き上げてご覧に入れるなど、思いもよりませんでした。やはり中宮さまにお仕えする人は、かくあるべきなのでしょうね」って言われたっけな。

第三〇六段　船の旅はご用心
「日のいとうららかなるに」

お天気もうららかで、海面もとっても静か。砧で打ってピカピカにした淡いグリーンの布を引き渡したみたいに穏やかな海。恐いことなんかちっともない光景よ。衵《あこめ》と袴を着た若い女たちや若い侍たちが、櫓《ろ》っていうのを押して歌を上手に歌ってるのが、なんとも面白いの。これは高貴な人たちにもお見せしたいわぁ……なんて思っていると間もなく、急に風が強く吹いてきて、海が大荒れに荒れてきて、乗ってる私はもう無我夢中。船が港に到着するまで、船上に波がザブザブと覆い被さってくる様子を見ると、ついさっきまであんなに穏やかだった海と同じ海だとは、とても思えないわ。

考えてみると船に乗って旅する人ほど、肝が太い恐れ知らずはいないわね。そんなに水深が深くないところだって、あんなちっちゃなものに乗って漕ぎ出すのは危険だっていうのに、まして底知れない千尋《ちひろ》の海に平気で漕ぎ出すなんてねぇ……。積荷

のやりとりが『枕草子』を代表する名場面とされ、後世、清少納言といえば御簾を掲げる姿で表現されるようになりました。

が多いと、船べりから水際まで、三十センチもないわ。それなのに船員たちは、まったく恐ろしいとも思わない顔して走り回ってるのよ。少しでもミスしたら沈没するかも……とヒヤヒヤしてるのに、二、三尺もある大きな松の木の丸太を五、六本、ぽんぽんと船に投げ入れる。ひゃぁ、恐れ入るわ。

屋形がついてる船尾のほうで櫓を押すの。屋形の奥のほうにいる人は安心できるわ。でも、端のほうに立ってる船員を見ると、目がくらみそうになる。早緒とかいう、櫓につけた命綱が弱々しそうなの。それが切れたら一体全体どういうことになるのよっ！　すぐに海にドボンよ。それでも太い綱を使わないのには恐れ入るわ。

私の乗った船は美しい作りで、妻戸を開けて格子も上げてる。海面よりずっと高いところにあるから、まるで小さな家みたいな風情ね。でも、まわりの小さい舟なんか見ると、心配になるわ。遠くに見ると、まるで笹の葉で作った舟を散らし浮かべたのによく似てる。それから港で、泊まってる船ごとに灯火が見えるのが、これまた風情ある光景ね。

「はし舟」っていって、すっごく小さいのに乗って漕ぎ回ってる舟があるけど、これは朝早くに見ると、いかにも働き者って感じで、けなげな気がするものよ。舟が通っ

平安時代の旅（海路）

清少納言は幼い頃、天延二年（九七四）に父・清原元輔が周防国（山口県）の国司として赴任する際、一緒についていきました。その時に船旅をしたのでしょう。船は海路を真っ直ぐ進みますので大変速く楽です。一六七段（181ページ）で「遠くて近きは船の旅」としているのは、その快速性を実感したからでしょう。

大量の荷物輸送も容易なので、西国への旅は海路がよく用いられました。しかし船旅には危険がつきもの。沈没や暴風雨の恐怖に加え、紀貫之の『土佐日記』にも「海賊の恐れ」と書かれて

た跡の白波が消えてゆく光景は『古今六帖』の水の部に載ってる

世の中を　何にたとへむあさぼらけ
　漕ぎゆく舟の　跡の白波

っていうのの通りで、本当にすぐ消えちゃうのね。

だけどね。やっぱり身分の高い人は、船旅なんかしないほうがいいって気がするな。かと言って、陸路の徒歩旅だって（山賊とかいるから）恐ろしいのは変わりないんだけど、それでも地に足がついてるってだけでも大安心ってものよ。

海ってものは、こんな感じに恐ろしいものだって思うから、海女さんが潜ってる光景は、見てるだけで辛いわ。腰につけた命綱が、万が一切れたらどうするのっ?!　男がやるならまだしも、女にとっては大変な苦労のはずよ。それなのに、男は舟の上で歌なんか歌っちゃって、命綱をゆらりと海に漂わせて暢気なもの。女を危険な目にさらして、うしろめたい気持ちがないのかしらね。海女が舟に上がる合図に命綱を引くと、男はあわてて綱を引き上げる。上がってきた海女が舟端をつかんで、ハァハァと大きく荒く息を吐いてる様子なんか、はたで見てる私たちでさえ、涙が出てくるような姿なのに、その女をまた海中に入れて、自分は舟の上でぶらぶらしてる男。こんな

おり、けっして楽しいだけの旅ではなかったようです。それにしても子どもの頃の船旅の詳細を、よくここまで覚えていたものですね。

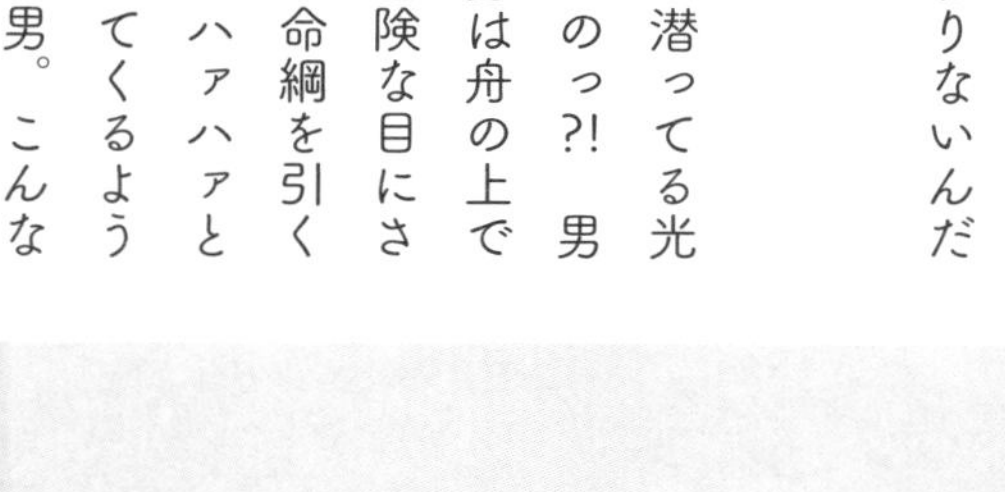
平安時代の船

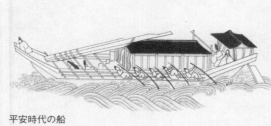

わかりやすい、あきれたブラック企業もないもんだわ。

第三〇八段　藤原道綱母の噂　「小原の殿の御母上とこそは」

小原の殿（藤原道綱）のお母上という人は、普門寺で法華八講を聴聞した翌日、小野殿に人々が大勢集まって管絃や詩歌の遊びをした時、

たきぎ樵《こ》る　ことはきのふに尽きにしを
いざ斧の柄は　ここに朽たさむ

（仏事は昨日で為し尽くしましたよ。今日はここで心ゆくまでお遊びなさい）

ってお詠みになったんだって。その発想、すっごく素敵じゃない？　……ま、これは聞いた話なんだけどね。

第三〇九段　在原業平の母の噂　「また、業平の中将のもとに」

あ、それからね。業平の中将のもとに、母君である伊登内親王が

老いぬれば　さらぬ別れもありといへば
いよいよ見まく　ほしき君かな

平安時代の旅（陸路）

平安時代の貴族女子は物見遊山に出かける機会も少なくありませんでしたが、国司赴任に帯同するなどで陸路の長距離旅行をする時は大変でした。馬や輿などの乗り物があったとしても基本は徒歩。

『延喜式』（主計）には各国からの行程日数が定められており、たとえば上総国（千葉県）からの上京に三十日かかるとしていますが、女子旅となるとまた別。『更級日記』の主人公が東海道を通って上総から京まで上る旅は、名所見物などもして、なんと三か月もかかっています。

（歳を取ると避けられない別れもあるそうなので、いよいよあなたに会いたいものよ）って書き送られたっていう話も、ほんと、胸にジ～ンとくるわよね。業平の中将が、その手紙を開いて読んだ時の気持ちが思いやられるわ。

第三一三段　教養ある大納言さま　「大納言殿参り給ひて」

大納言・伊周さまが参上されて、帝と漢詩についてのお話なんかされてるうちに、いつものようにすっかり夜も更けちゃった。御前の人たちも一人消え、二人消えして、みんな御屏風や御几帳《きちょう》の後ろなんかに隠れて寝ちゃったのよ。ただ一人私は、眠気と必死に戦ってお相手してたんだけど、「丑四つ～」と、時を告げる声が聞こえた。

「夜が明けます……」

って、思わず私が独り言を言ったのを聞いた伊周さま、

「今さら、お休みになるなんておっしゃらないでくださいませ」

と、帝や中宮さまにおっしゃって、まるっきり寝るつもりがない様子。

困ったなぁ、つまらないこと言っちゃったって思ったけど、ほかに誰もいないから、人にまぎれて寝るわけにもいかないのよ。

在原業平

在原業平と伊勢の斎王・恬子内親王との間に子が生まれ、これは世間的にまずいと伊勢権守兼神祇伯の高階峰緒が我が子・師尚として育てたという伝説があります。このことから高階氏は伊勢の神宮にはばかりがあるとされる家に。高階師尚は中宮・定子の高祖父です。定子の産んだ敦康親王の立太子が問題になった時、藤原行成が「神宮にはばかりある血統の敦康親王は皇位に適さず」という奏上をし、皇太子は彰子の生んだ敦成親王になります。こんなところに在原業平の影響があるとは……。